AF474877

A. FERRET 1977

E. DENTU

1830-1884

PARIS — 1884

E. DENTU

E. Dentu.

E. DENTU

1830-1884

PARIS — 1884

Au lendemain de la mort d'Édouard Dentu, les regrets unanimes de ceux qui ont approché cet homme de cœur, ce travailleur consciencieux et infatigable, ont témoigné l'amitié et le respect que sa personne et son caractère ont inspiré à tous.

C'est pour conserver le souvenir des hommages rendus à sa mémoire que sa famille et ses amis ont voulu recueillir les articles publiés alors par les plus importants organes de la presse française et étrangère.

Les discours prononcés sur sa tombe par les plus éminents représentants de la Société des gens de lettres, qui fut comme une famille littéraire dont il défendit les intérêts avec tant de vigilance et d'autorité, ajoutent un suffrage non moins précieux à l'expression de l'estime et de la sympathie de ceux qui l'ont connu.

Tous ont rendu justice aux qualités de l'homme privé en même temps qu'ils ont su apprécier cet esprit si distingué et si fin, ce causeur charmant qui possédait une véritable nature de lettré et d'artiste.

Ces manifestations, toutes spontanées, sont la consécration la plus haute de sa laborieuse carrière, si tôt interrompue; en attestant l'œuvre considérable qu'il avait su édifier, elles montrent aussi que de longues années d'activité lui semblaient encore promises, lorsque la mort est venue l'arracher, en pleine vigueur, à ses travaux et l'enlever à l'affection de tous.

ÉDOUARD DENTU

PRESSE PARISIENNE

Du 13 au 16 avril 1884

BIBLIOGRAPHIE DE LA FRANCE

JOURNAL GÉNÉRAL DE L'IMPRIMERIE ET DE LA LIBRAIRIE

Un éditeur parisien d'une notoriété considérable, estimé autant qu'aimé de tous ceux qui le connaissaient, vient de s'éteindre à l'âge de cinquante-trois ans. M. Henri-Justin-Édouard Dentu a succombé, le 13 avril, en sa maison de Passy, sous l'effort d'une cruelle maladie dont les premières atteintes s'étaient manifestées plusieurs années auparavant. Ses obsèques ont été célébrées à l'église Notre-Dame-de-Grâce où n'a pu trouver place, tant elle était nombreuse, la foule d'amis, de confrères et d'hommes de lettres qui avait tenu à lui rendre un dernier et religieux hommage. L'affluence n'était pas moindre au Père-

Lachaise, lieu de l'inhumation. En l'absence de M. Arsène Houssaye, empêché par une indisposition, M. Charles Diguet a lu le discours que ce dernier devait prononcer au nom de la Société des gens de lettres. M. Emmanuel Gonzalès a pris ensuite la parole au nom des amis du défunt.

L'on peut dire que plusieurs générations d'auteurs, débutants ou académiciens, ont défilé dans le petit bureau de sa librairie du Palais-Royal, encombré de livres, dont les piles envahissantes menaçaient d'écraser le visiteur et laissaient à peine l'espace pour s'asseoir. Edouard Dentu recevait tout le monde avec une affabilité extrême, travaillant sans fracas, avec une activité très ordonnée, fort avant dans la nuit.

C'est à ce régime, dans l'atmosphère étouffante des galeries sans air du Palais-Royal, qu'il a contracté la maladie dont il vient de mourir, et qui, à un embonpoint excessif, avait fait succéder un dépérissement que rien n'a pu arrêter. Il savait la gravité de son mal et ne mit que plus d'énergie à vouloir signer, il y a quelques jours, sur son lit de souffrance, le contrat de mariage de sa fille.

« Ce jour-là, comme l'a dit Arsène Houssaye, l'Espérance entrait dans la maison quand déjà, hélas ! la Mort était debout sur le seuil. Mais le bonheur qui éclairait le front de sa fille fut cette étoile du matin dont parle la Bible, qui rayonne au delà des horizons du tombeau. »

LE CHARIVARI

C'est encore la mort qui me fournit mes modèles.

Une pourvoyeuse trop infatigable que la mort ! Et qui frappe avec des caprices déroutants, où elle semble mettre comme une coquetterie de cruauté.

Qui, par exemple, aurait pu supposer qu'elle s'attaquerait si brutalement à ce bien vivant dont tout l'aspect respirait la sérénité heureuse et le plaisir de vivre ?

Paris entier connaissait cette large figure, au bon sourire, bien épanoui, au-dessus d'un double menton et au-dessous d'une noire moustache.

Dans ce visage bien plein, une paire d'yeux d'un vif éclat.

Un front intelligent. Une chevelure portée longue, à la mode d'autrefois.

Comme signe particulier, Dentu avait son obésité légendaire.

Fut-elle un effet, fut-elle une cause ?

On pourrait, avec quelque vérité, soutenir ces deux thèses.

C'est parce que Dentu ne marchait jamais qu'il engraissait toujours. C'est parce qu'il engraissait toujours qu'il ne marchait jamais.

Comment sortir de ce cercle fatal ?

D'ailleurs l'amour du travail et la paresse collaboraient à sa séquestration volontaire.

La paresse physique, qui lui rendait l'exercice pénible ; l'amour du travail, qui lui faisait aimer sa tâche quotidienne, son bout de table dans le petit bureau de la galerie d'Orléans, sa chaise où il demeurait assis durant de longues heures, tantôt causant avec les auteurs, tantôt conférant avec leurs œuvres.

L'existence qu'il menait était funeste. Un moins robuste y aurait succombé à bref délai.

Ses amis avaient beau lui conseiller de se donner un repos nécessaire, de prendre sa part du droit à l'air, qui est le premier des droits de l'homme, il résistait, cloué là-bas par la force de l'habitude.

C'est qu'il avait, dans ce modeste recoin, de si cordiales relations ! C'est que de si sincères amitiés y venaient à lui ! C'est qu'il y défilait de si attrayantes causeries !

Et puis il adorait son métier. Ce qui explique pourquoi il y réussit brillamment, conquérant à la peine une belle et méritée fortune.

Cette fortune l'avait laissé simple et ennemi du faste. Pas de poudre aux yeux ! Il serait tombé plutôt dans l'extrême contraire.

Il s'en venait de Passy, comme un employé à trois mille francs, dans l'omnibus quotidien. Il s'en retournait de même.

L'été, un peu de villégiature — mais de villégiature inquiète ; car le souci des affaires montait en wagon avec lui et le suivait sous les ombrages de son parc.

Ainsi ce qui nous fait vivre nous fait aussi mourir presque tous !

Dentu, du moins, ne meurt pas tout entier. Il laisse son nom sur des milliers d'œuvres, semées aux quatre coins du monde, et sa mémoire très profondément gravée au cœur de ses amis.

FABRICE.

Tous ceux qui ont pu apprécier la loyauté, la courtoisie, l'aménité de cet homme de cœur s'associent sincèrement au deuil de sa famille.

Nous sommes de ceux-là, et nous envoyons un adieu bien douloureusement ému à l'ami que nous perdons.

PIERRE VÉRON.

LE CLAIRON

C'est avec une douloureuse émotion que nous écrivons ces lignes. La mort qui, depuis quelques jours, poursuit sans discernement sa funèbre moisson, vient de frapper un homme qui comptait trop de sympathies dans la grande famille littéraire pour que ce deuil ne soit pas un deuil universel.

S'il était une consolation possible pour les pieuses afflictions penchées là-bas sur le chevet du défunt, elle serait dans le spectacle de cette émotion sincère qui se lit aujourd'hui sur les traits de tous ceux qui, à un titre quelconque, ont connu M. Édouard Dentu.

Et c'est moins de l'éditeur que je veux parler ici que de l'homme, de cet homme bienveillant, affable, franc d'accueil, terriblement avare de son temps quand il s'agissait de lui-même, et le prodiguant néanmoins à tout le monde, ayant une oreille toujours ouverte aux petites tribulations d'autrui, une sympathie toujours prête à verser comme un baume sur toutes ces piqûres d'amour-propre qui font de la vie littéraire actuelle une bataille où tout le monde est blessé.

Il était, cet homme au fin sourire, au tact infaillible, le parrain de toute une génération d'hommes de lettres vieux ou jeunes, qu'il avait présentés au public dans la personne de leur première œuvre, de leur volume de début, et il en est certes peu parmi nous qui ne retrouvent, dans leurs souvenirs proches ou lointains, la sensation ineffaçable de ce premier manuscrit déposé sur la table aux encombrements légendaires, où trônait jadis le célèbre éditeur.

Mais le verbe trôner que j'emploie ici me vient peut-être d'anciennes terreurs inspirées par le pouvoir redoutable de cet excellent homme, qui a tenu dans ses mains la destinée de la plupart d'entre nous ; en réalité, l'éditeur ne *trônait* pas, car cette attitude ne s'accordait ni avec son caractère ni avec la disposition matérielle du cabinet où il avait tout juste la place nécessaire pour s'asseoir.

Je ne referai pas une description faite cent fois et dont tous les littérateurs vieux ou jeunes de notre époque connaissent par cœur les éléments, pour se les être plus ou moins assimilés au temps, qui n'est pas bien éloigné, où Dentu recevait encore quotidiennement tout ce que Paris comptait de travailleurs vieux ou jeunes, illustres ou obscurs.

Je n'essaiera pas davantage de compter les réputations nées dans ce rez-de-chaussée si modeste d'apparence, ni d'analyser la part active que l'éditeur prenait à cette incubation des jeunes talents. Tout le monde sait qu'il ne se passait pas un jour, pas un, où Dentu ne lançât un de ces volumes frais et coquets qu'on retrouvait ensuite à toutes les devantures des libraires, volumes gros ou minces, graves ou gais, parés d'une couverture satinée, armés d'un titre alléchant, et par-dessus tout revêtus de cette fameuse estampille : « *E. Dentu, éditeur de la Société des gens de lettres* », timbre en quelque sorte incunable de la maison, et qui a accompagné plusieurs milliers de noms d'auteurs aux quatre coins du monde.

C'est cette besogne terrible, rappelant les travaux fabuleux consignés dans les annales mythologiques, ce souci d'offrir sa pâture quotidienne au grand dévoreur de livres qui a nom Public, cet éternel mouvement de la publicité nécessitant la présence continuelle de celui qui le dirigeait, de celui qui en était l'âme même, c'est cela qui a tué M. Dentu. De quatre heures à onze heures du soir, cette besogne le clouait sur sa chaise de paille ; et c'était, dans le petit cabinet, un défilé fantastique, ininterrompu de solliciteurs, d'auteurs, d'imprimeurs ; des manuscrits à lire, des épreuves à corriger, une correspondance interminable... Et quand les murs se couvraient d'affiches annonçant le livre nouveau, lorsque le roman du jour s'élevait en piles dans toutes les boutiques, la genèse de ce flux littéraire était dans les veilles, dans les labeurs de cet homme infatigable, tenait tout entière entre les quatre murs du petit bureau où Edouard Dentu consumait le meilleur de son temps et de sa vie.

C'est en vain que, ces derniers temps, son frère, ses amis, lui conseillaient de prendre un peu de repos... C'était plus fort que lui, il ne pouvait pas, il retournait quand même au travail, comme si l'air de la librairie, l'échange continuel d'idées avec les amis, les auteurs qui venaient le voir, l'énorme pression des affaires qu'il menait de front, comme si tout cela était devenu indispensable à son bonheur. Et il n'était pas éloigné de le croire.

Il se fût volontiers, nous disait-il un jour, débarrassé du fardeau des affaires, pour se retirer en un coin tranquille de campagne ou de province ; mais ce à quoi il ne pouvait se résoudre, c'était perdre Paris, c'est-à-dire son Paris à lui, le seul qu'il connût, non pas cette capitale bruyante qui sert de trottoir à la haute vie, aux plaisirs bruyants et affichants, aux vices élégants ou tapageurs, mais la ville que le poète a appelé la Ville-Lumière, c'est-à-dire le Paris intelligent, artiste, lettré, avec lequel Edouard Dentu, lettré lui-même, et des plus délicats, et artiste aussi, curieux du beau et du vrai, se sentait en communion intime de goûts et de passions.

Et notez que cet amour de Paris intellectuel était né avec l'homme lui-même. En remontant dans ses souvenirs d'enfance, il en retrouvait des preuves curieuses dans le culte naïf voué aux grands hommes d'alors, surtout dans la fièvre d'adoration dont il brûlait en approchant Chateaubriand, qui, à cette époque, était devenu l'ami de la famille. Ce n'était pas une admiration solitaire, stérile celle dont le jeune Edouard Dentu entourait l'auteur des *Martyrs ;* il s'attachait au contraire à la faire rayonner autour de lui, la communiquait à ses camarades de lycée, conduisait lui-même des bandes d'enthousiastes chez l'illustre écrivain, où tout se terminait par des génuflexions d'une part, un sourire olympien de l'autre.

Quand Edouard Dentu prit la direction de la librairie du Palais-Royal, le commerce des livres traversait une crise due à une foule de causes inutiles à rappeler ici. J'imagine que le fardeau dut lui paraître lourd d'abord pour ses épaules de vingt ans. Mais il se mit courageusement à la besogne, et, en attendant que la vogue voulût bien se décider en faveur des romans parisiens, il entreprit la publication d'une série de brochures politiques qui assit de suite la réputation du jeune éditeur. Pour ceux qui aiment les chiffres, on a calculé que dans une période de douze années, Edouard Dentu avait lancé dans Paris près de 6.000 brochures traitant de sujets variés : la question d'Italie, la question polonaise, la question d'Orient, la guerre de sécession d'Amérique, etc., etc.

Plus tard, seulement, ce fut le tour des livres de voyage, des romans, des collections théâtrales, voire même des ouvrages de critique sociale et philosophique, car Dentu a aussi été l'éditeur de Proudhon, de Le Play, de Michelet, de Quinet, de Louis Blanc, etc.

Bien entendu, il ne partageait pas toujours les opinions de ceux qu'il éditait, alors surtout que ces opinions étaient chez la plupart une affaire de tempérament ou d'ambition personnelle. Dans son âme et conscience, il se savait monarchiste, monarchiste ardent et convaincu, et cela lui suffisait; d'ailleurs, en vrai Parisien sceptique, il n'aimait point à afficher ses opinions politiques et se tenait en garde surtout contre les engouements irréfléchis.

Je m'arrête. Edouard Dentu est mort en chrétien, dans la paix tranquille de sa jolie villa de Passy, où le père de famille, l'artiste, l'érudit avaient réalisé leurs ambitions les plus chères et les plus intimes. Tout ce que Paris compte d'écrivains célèbres l'accompagnera demain à sa demeure dernière. En attendant, il nous tenait à cœur de rendre ici un suprême hommage à l'homme accueillant entre tous, pour qui les inconnus de la veille devenaient les amis du lendemain, à l'éditeur aussi dont le sourire paternel a éclairé tant d'humbles débuts.

JULES HOCHE.

L'ENTRAINEUR

La perte d'un homme d'honnêteté et de travail devrait être un deuil public. C'est la pensée qui me fait écrire cet hommage et cet adieu à Edouard Dentu, l'éditeur si bienveillant, le travailleur demeuré à la tâche jusqu'à la mort.

Je l'ai vu dans les derniers jours où il est venu s'asseoir à la petite table de son cabinet trop étroit pour lui, et où le manque d'air a bien pu lui faire prendre son mal. Il me garda longtemps à causer avec lui. N'en soyez pas étonnés, puisque nous parlions d'un avenir tout en rose qui lui faisait oublier son mal. Il savait que je suis né en Périgord, dans le pays de son futur gendre, et il était comme soulagé de douleur en me contant ses espérances de bonheur conjugal pour sa fille adorée. Les questions intimes qu'il me posa à ce sujet indiquaient une exquise tendresse d'âme, une délicatesse presque féminine. Cet athlète de travail intellectuel était une sensitive par le cœur; cet homme de haute raison était accessible aux plus nobles élans de générosité et de sentiment.

— Assez parlé de moi et des miens, s'écria-t-il tout à coup. Je sais que vous travaillez beaucoup et que votre journal réussit chaque jour davantage, Sauvâtre et Faure vous lisent et me l'ont dit. J'ai parcouru moi-même *l'Entraîneur*, et je vous félicite du soin que vous mettez à populariser ces idées, à les rendre accessibles à tous en vous gardant bien d'employer des termes techniques. Vous vous efforcez d'être usuel et facile à comprendre, au lieu d'être dogmatique... Ah ! vous voyez bien que je vous ai lu, bien que n'aie guère le temps.

Je remerciai avec effusion, et je crus que *c'était*

arrivé. Ce n'était probablement qu'à moitié vrai, mais c'était si bien dit. Ce diable d'homme était un charmeur.

Si je rapporte ce trait tout récent, c'est pour mettre en lumière sa bienveillance extrême et sa bonté, les deux qualités que j'apprécie le plus chez un homme de valeur. Lorsqu'il me fit l'honneur d'éditer mes premières œuvres, il y a cinq ans, je fus pris de sympathie immédiate pour sa personne et d'estime profonde pour son caractère. Le voir partir à l'âge encore viril de cinquante-trois ans est donc un coup cruel pour moi, comme pour tous ceux qui ont pu l'apprécier. Qu'il me soit permis de lui rendre ici un hommage, qui a du moins un mérite : celui d'être sincère.

La preuve que je suis dans le vrai en écrivant ce qui précède, on a pu la voir par la douleur réelle et les regrets de son personnel en général, et en particulier de M. Sauvaître, son bras droit, son ami beaucoup plus que son employé, et de M. Faure, son aide-de-camp littéraire.

Les hommes de cœur sont assez rares chez les éditeurs pour qu'on les salue, lorsqu'on les rencontre. On sait que la grosse fortune de plusieurs d'entre eux n'a été acquise que par une sorte de *traite des gens de lettres*. Edouard Dentu est emporté dans l'éternité sans avoir jamais cherché à exploiter les inconnus ou les méconnus. C'est le plus bel éloge qu'on puisse faire de lui, et je ne vois parmi ses confrères actuels pouvant lui être comparés sous ce rapport que MM. Charpentier, Marpon et Flammarion. Une récente publication a prouvé comment d'autres éditeurs se sont gorgés d'or en remplissant le rôle de sangsues littéraires.

N'insistons par sur ce sujet et terminons en rendant hommage à Edouard Dentu mort à la peine, malgré sa grande fortune loyalement acquise. Envoyons le suprême adieu à ce noble cœur, à cette nature d'élite, ou plutôt disons-lui au revoir, car, ainsi que nous, il croyait à l'immortalité de l'âme.

ÉDOUARD CAVAILHON.

L'ÉVÉNEMENT

La librairie a perdu une de ses célébrités en la personne d'Édouard Dentu, que nous venons de reconduire à sa dernière demeure. Non que Dentu ait fait faire un grand pas à l'art de la librairie, à une époque où les publications de luxe abondent ; non que, par le choix de ses romans, il ait coopéré à la création d'un genre ou dirigé un groupe littéraire ; mais Dentu avait puissamment aidé à la popularisation du roman, et c'est un titre à la reconnaissance des littérateurs qui en vaut certainement un autre.

Nous ajouterons que c'était un homme aimable par-dessus tout. Nous verrons longtemps ce gros homme brun, toujours habillé de noir, trottiner aussi vite que le lui permettait sa rotondité, dans la galerie d'Orléans, entrer dans sa librairie, s'asseoir devant sa table et recevoir, entouré d'un monceau de manuscrits, de lettres, de traités, de notes, épars. Aussitôt qu'on causait avec lui, ses yeux s'éclairaient, sa bouche esquissait un sourire bienveillant et tout à la fois rempli de finesse. Vivant à part depuis longtemps, il commençait par vous interroger sur les choses du dehors, en curieux, tout en inscrivant votre nom sur dix calepins, autant de mémentos. Puis il entamait le chapitre des affaires avec un tact parfait, sachant encourager les jeunes, consoler les incompris, féliciter les auteurs arrivés sans leur épargner la critique. A ce moment on devinait sous le masque épaissi par la graisse une physionomie d'une sympathie captivante. On ne le quittait qu'après avoir appris à l'aimer.

Pour achever le portrait de cet ami qui n'est plus, il faut ajouter que Dentu n'avait pas hérité des convictions irréconciliables de ses prédécesseurs. Au fond, je le soupçonnais d'être légèrement réactionnaire. Mais il était plus éclectique encore. Le choix des œuvres qu'il édita en est une preuve. On en trouverait une autre dans l'amitié qu'il avait pour Vermorel. Enfin, il avait failli devenir l'éditeur des héros de la Commune, et je terminerai par une anecdote qui prouvera que chez lui la politique ne l'emportait jamais sur la belle humeur.

A la fin d'avril 1871, Vésinier vient le trouver et lui demande s'il consentirait à éditer une *Histoire de la Commune*. Dentu, pris au dépourvu, hésite, puis consent.

Vésinier s'en allait content, lorsque Dentu le rappelle et lui fait observer qu'il faudrait enfin s'entendre sur le format.

— Ah oui ! fait Vésinier, le format.

— Voulez-vous un in-dix-huit?

— Euh! euh!

— Un in-octavo?

— Euh! euh!

— Un in-folio?

— Euh! euh! euh!

— Mais quoi donc? s'écrie Dentu légèrement impatienté.

— Là-dessus, répond Vésinier, mon parti est pris. Je veux le format de l'empereur!

Dentu se contenta de sourire.

GEORGES DUVAL.

LE FIGARO

Comme nous le faisions pressentir hier, le dernier représentant de la dynastie des Dentu s'est éteint, à deux heures de l'après-midi, après une agonie cruelle, dans sa cinquante-quatrième année, Dix ans encore, et il aurait pu fêter le centenaire de sa maison. C'est en 1794, en effet, que son grand-père s'installa dans les galeries de bois du Palais-Royal, ce centre pittoresque de l'ancien Paris, où, comme on sait, il ne se faisait et ne se consommait pas seulement de la littérature.

Royaliste fervent, Dentu Ier (Jean-Gabriel) fut, avec Martainville, le fondateur du *Drapeau blanc*, ce journal alerte, spirituel, d'allure si française, — arme de combat, toujours coupante, jamais ébréchée, — qui compta tant de collaborateurs illustres, entre autres Lamennais et Charles Nodier.

Dentu IIe (Gabriel-André) exagéra, s'il était possible, les convictions légitimistes de son père. Il avait trouvé, bien avant Gambetta, le mot d' « irréconciliable ». et ce ne fut pas un vain mot : l'Empire et la Restauration de Juillet en savent quelque chose. Il fit à ces deux régimes une opposition acharnée, payant de sa bourse et de sa personne, entassant amendes sur amendes, mois de prison sur mois de prison. Très excité, du reste, à la lutte par sa femme, intelligence d'élite, esprit supérieur, qui, semblable à sa contemporaine, Loïsa Puget, réunit sur sa tête le double laurier de la poésie et de la musique : plusieurs de ses romances sont restées populaires, notamment la *Piémontaise*, qui fit fureur au moment de la guerre d'Italie.

Dentu IIIe (Édouard-Henri-Justin) avait de qui tenir. Mais d'humeur moins belliqueuse que ses aînés, il eut le bon sens de comprendre, lorsqu'il hérita de la maison dans les circonstances les plus critiques, au lendemain de 1848, qu'on ne fait pas du bon commerce avec du parti pris. Non qu'il renonçât à la politique, — il lui dut même le commencement de sa fortune, puisque de 1850 à 1860 il publia cinq mille huit cents brochures, dont quelques-unes, comme celle du *Pape* et du *Congrès*, furent tirées à 500.000 exemplaires. Mais il y apporta l'éclectisme le plus complaisant, et la preuve c'est que l'on retrouve côte à côte, sur son catalogue, les noms de Falloux, Michelet, Persigny, Louis Blanc, La Guéronnière, Girardin, Montalembert,

Quinet, La Rochejacquelein, Auguste Barbier et... Proudhon, dont il fut l'ami fidèle et dont il édita les derniers travaux.

Dans son existence d'éditeur, la politique ne joua qu'un rôle accessoire ; c'est de la littérature surtout qu'il a bien mérité. Tout l'y portait, d'ailleurs : son éducation, l'exemple de sa mère et le commerce qu'il avait entretenu, dès son enfance, avec deux lettrés de grande race, Auguste Barbier, son subrogé tuteur, et Chateaubriand. Aussi prenait-il très au sérieux son titre de « libraire de la Société des gens de lettres », tellement au sérieux que, dans son désir de complaire à quiconque tenait une plume, il ne s'attardait pas à distinguer l'ivraie du bon grain. Que de marchandises suspectes a couvertes son pavillon hospitalier! Que de non-valeurs à côté d'œuvres supérieures ! Que de noms obscurs à côté de noms glorieux ! Nous n'en citerons aucun pour ne désobliger personne. Commercialement, ceci faisait passer cela, et les écrivassiers sans talent, et parfois sans orthographe. s'écoulaient à la longue dans le flot doré des « auteurs à cent éditions » qui leur servaient de remorqueurs.

En même temps que le goût des lettres, Dentu possédait au plus haut point le goût des arts. Comme l'autre, il l'avait hérité de sa mère. Sa maison était grande ouverte aux artistes, qui se trouvaient dans leur milieu propre, entre cet amateur délicat et sa femme, l'une des filles de l'illustre peintre Alexandre Decamps.

Il y a quelques années, Dentu fut nommé président

du *Dîner Taylor* qui, depuis son avènement, prit le nom de *Dîner Dentu*. Les gens de lettres y sont en majorité et le vote qui fit asseoir Dentu sur le fauteuil présidentiel fut un vote de reconnaissance. L'esprit est le condiment obligatoire de ces repas où la gastronomie n'est qu'un prétexte, un trait d'union entre gens de même race qu'isolent les courants divers de la vie parisienne. Le beau livre d'or qu'on ferait avec la liste des membres depuis sa fondation ! On y trouve encore les personnalités littéraires les plus sympathiques : Camille Doucet, Paul Féval, Elie Berthet, Jules Claretie, La Landelle, Pierre Zaccone, Altaroche, Emmanuel Gonzalès, Hector Malot, du Boisgobey, Ferdinand Fabre, Canivet, André Theuriet, Adolphe Belot, Grévin, etc. Les *menus* de ce dîner, gravés par H. Guérard, et dont le type varie tous les ans, seront un jour recherchés comme des pièces tout à fait intéressantes. Je les recommande à Xavier de Montépin, qui possède la plus curieuse collection de menus qui soit au monde.

Le grand-père et le père de Dentu tenaient dans leur boutique bureau d'esprit, comme on disait alors. Là se réunissaient les écrivains et les journalistes les plus célèbres de l'époque. On y causait du livre fait et du livre à faire; on y échangeait les nouvelles et aussi les potins du jour. Mais le centre de Paris s'est déplacé; le boulevard a détrôné le Palais-Royal, qui n'est plus « dans le mouvement » et la parlotte de la galerie d'Orléans tient aujourdui ses assises à la Librairie-Nouvelle. Affaire de cadre autant que de mode. La « boutique » Dentu condamnée par sa situation même à ne pas s'agrandir n'offrait plus à la causerie un champ assez vaste, ni un terrain assez commode aux causeurs. Six personnes y constituaient un rassemblement, et ce que Molière appelait « les commodités de la conversation » y était un mythe. Or, vous savez, où il y a de la gêne, il n'y a plus de plaisir.

Si Dentu, par son activité, son intelligence, a fait de sa librairie une des premières du monde, on peut dire que M. Sauvaître, le principal employé de la maison *depuis quarante ans*, y a largement contribué. Sauvaître passe pour un bourru; bourru peut-être, mais bourru bienfaisant, à coup sûr, car sous des abords froids et même rébarbatifs, il cache un excellent cœur et une réelle obligeance. C'est, de plus, une encyclopédie parlante, un catalogue vivant, et je ne connais dans tout Paris qu'Achille, de la Librairie-Nouvelle, qui, pour la mémoire et l'érudition spéciale, puisse « piger » avec lui.

Sauvaître a dans notre confrère Faure, « lecteur » de la librairie, un très vaillant et très précieux collaborateur.

Les bossus spirituels — ils le sont presque tous — aiment à rire de leur bosse. Dentu plaisantait volontiers de sa corpulence, et disait parfois en souriant : « Je fonds, je deviens diaphane! » Il est devenu tellement diaphane qu'il en est mort.

Si tous ceux qu'il a servis, obligés, suivent son convoi, il y aura foule. Il laisse après lui le souvenir d'un homme excellent et d'un galant homme, très loyal en affaires et très sûr en amitié. En ces quelques mots peut se résumer son oraison funèbre.

PARISIS (ÉMILE BLAVET).

LA FRANCE

On a raconté cent fois le Dentu de la galerie d'Orléans, enfermant pour ainsi dire sa vie laborieuse dans ce fameux entresol dont le frêle escalier épouvantait Chavette, et dont le plafond bas obligeait La Guéronnière à courber le front.

Je voudrais, à mon tour, vous présenter un Dentu beaucoup moins connu, le Dentu de Passy.

Avant d'habiter la rue de Boulainvilliers, où il vient de mourir, le célèbre éditeur vécut de longues années rue Sainte-Claire, dans un rare et glorieux voisinage.

A deux pas de sa petite villa, discrète comme un presbytère, s'élevait le chalet légendaire de Jules Janin, et je vois encore ce gros homme d'esprit plongé dans un vaste fauteuil, écrivant à l'ombre d'un arbre aimé son feuilleton du lundi. Comme saint Louis, il rendait ses jugements (souvent terribles) au pied d'un chêne, tandis qu'une pie familière trottinait autour de sa table et que les vapeurs odorantes d'un dîner d'évêque se mêlaient aux parfums des roses et des verveines.

Un peu plus loin, dans le jardin fleuri d'un autre chalet, un maigre vieillard distribuait des morceaux de sucre à une douzaine de levrettes qui le regardaient écheniller un rosier. C'était Lamartine rêvant de vendanges et d'emprunts.

De l'autre côté de la pelouse du Ranelagh, devant la grille dorée de sa blanche villa, un bon bourgeois au fin sourire assistait aux péripéties émouvantes d'une partie de boules. Ce bourgeois s'appelait Rossini.

Enfin, en retournant rue Sainte-Claire par la rue de Passy, on apercevait à la fenêtre d'une humble maison une large et puissante face avec deux yeux qui regardaient sans voir derrière une paire de lunettes. Cet homme, c'est Proudhon. Il pense.

Proudhon, Jules Janin, Rossini, Lamartine, tels étaient les voisins et les amis de Dentu.

— Et c'est ainsi, se plaisait-il à dire, que la philosophie, la littérature, la musique et la poésie auraient pu jouer aux quatre coins autour du Ranelagh. Puis il ajoutait que les lettres, plus florissantes qu'agiles dans la personne de Jules Janin, se seraient trouvées plus d'une fois au milieu du cercle,

Je vous laisse à penser si Dentu se plaisait dans un tel voisinage.

Proudhon lui expliquait ses théories révolutionnaires et ses systèmes financiers; Janin lui lisait une ode d'Horace; Lamartine lui confiait d'une voix harmonieuse ses embarras d'argent, et Rossini lui détaillait avec enthousiasme la recette savante de ce maca roni fameux auquel il a donné son nom.

Vers trois heures, Édouard Dentu quittait Passy pour aller s'enfermer dans son cher réduit de la galerie d'Orléans, par la lucarne duquel il jetait chaque jour, au public, un nouveau livre.

Mais bientôt la mort vint dépeupler ce brillant voisinage, que finit de désoler la guerre. En 1870, Proudhon était mort et sa demeure devint un poste de vétérans. Le chalet de Lamartine fut transformé en parc d'artillerie et des canons, blancs de givre, vinrent s'accroupir dans ces allées, où fleurissaient jadis les tulipes et les jacinthes, que soignait de sa main le chantre de *Graziella*. La blanche villa de Rossini se métamorphosa, du soir au lendemain, en un corps-de-garde d'une compagnie de francs-tireurs, dans laquelle je m'étais enrôlé.

Dans les salons peints à fresque, des matelas éventrés et sur ces matelas des volontaires boueux ébauchant un somme tourmenté entre deux coups de canon. Au-dessus de la grille qu'ornait une lyre d'or, le drapeau de Genève clapote tristement au vent d'hiver et a l'air de saigner avec ses deux blessures en croix...

Seul, le chalet de Jules Janin est resté le sanctuaire attristé des muses et comme la vogue n'est plus aux romans mais aux terribles réalités de la guerre, Dentu imprime des livres et des brochures patriotiques.

FULBERT-DUMONTEIL.

LE GAULOIS

L'éditeur qui vient de s'éteindre après une longue et douloureuse maladie, est certainement celui de ses confrères qui mettait en vente, chaque année, le plus grand nombre de volumes. Tout Paris le connaissait, de vue au moins. Assidu aux premières représentations, aux cérémonies telles que mariages ou enterrements, il était partout à la fois. De petite taille et d'une obésité précoce, l'œil doux, un peu endormi qu'accompagnait une voix lente et mesurée, avec sa fine moustache noire, il avait quelque peu l'apparence d'un rajah.

On peut affirmer que, malgré sa grande fortune, il est mort des suites de l'existence qu'il s'était imposée.

Dentu se levait à midi, déjeunait légèrement, puis quittait sa maison de la rue de Boulainvilliers, pour aller s'enfermer jusqu'à une heure du matin dans le petit bureau sans air attenant à son magasin du Palais-Royal.

Ce bureau, il y entrait avec peine, tant les papiers de toutes sortes, manuscrits, épreuves, l'encombraient du haut en bas.

Il ne dînait pas, écrivait, douze heures durant, des notes de sa fine écriture sur un petit calepin dans lequel se trouvait tout son travail de librairie.

Il rentrait à une heure du matin et mangeait alors avec une avidité singulière.

Son père lui avait laissé une maison peu prospère. Il la releva à force de patience, de travail et de courage.

Grand collectionneur d'autographes et de documents relatifs à la Révolution, il aimait à la passion les dessins originaux.

Il était assez hésitant en matière d'affaires ; avec les jeunes, les nouveaux si vous préférez, il lui fallait des mois pour se décider à éditer un livre. C'étaient de continuels rendez-vous de semaine en semaine, et les solliciteurs attendaient longtemps l'envoi du manuscrit chez l'imprimeur.

Son frère, Gabriel Dentu, lisait les ouvrages, revoyait les épreuves, et l'indispensable Sauvaître, le premier *étalagiste* de Paris, se chargeait des couvertures et des vignettes.....

C'est en somme une physionomie parisienne qui disparaît.

A-t-il aidé au succès des gens de lettres dont il a édité les ouvrages? Nous ne saurions l'affirmer.

Défiant plus que personne, sceptique avant tout, grâce à lui, cependant, nombre de livres ont vu le jour que ses confrères auraient laissés dans l'oubli.

FRÉDÉRIC GILBERT.

LA GAZETTE DE FRANCE

C'est loin de Paris que m'est parvenue la nouvelle de la mort d'Edouard Dentu, le grand libraire éditeur du Palais-Royal. Depuis plus de trois semaines, les médecins l'avaient condamné, mais on sait ce qu'est la condamnation d'un et même de plusieurs médecins : il reste souvent une résistance mystérieuse qu'ils ignorent et surtout il reste Dieu. Le pauvre Dentu paraissait, il n'y a pas plus de deux mois, si plein de santé, si souriant, avec sa bonne figure grasse et son embonpoint rabelaisien, que je ne pouvais croire à cette fin vraiment foudroyante. Dieu en a décidé autrement. Je dois, et je dirai plus, le journal où j'ai l'honneur d'écrire, doit comme moi un souvenir à Edouard Dentu : je le lui dois comme à mon éditeur et à mon ami : la *Gazette de France* le lui doit comme au fils et au petit-fils de deux hommes qui ont marqué parmi les plus fidèles des fidèles de la Royauté disparue.

Avant lui, en effet, cette librairie, dont il a été le dernier titulaire, avait été dirigée par Jean-Gabriel Dentu, et par Gabriel-André Dentu, tous deux également dévoués à la cause de la Monarchie traditionnelle, inséparable pour eux de la cause de la patrie. Le premier, ami de Martainville, partagea avec lui le péril et l'honneur du *Drapeau blanc*, ce terrible journal, dont l'histoire tentera quelque jour un bénédictin de l'anecdote politique. Le second, non moins royaliste, connut les mauvais jours : il vit tomber cette Royauté qu'il aimait. Il ne se laissa pas ébranler par le succès passager de l'émeute, et le lendemain de 1830 le vit faire flèche de tout bois contre le régime nouveau. A ce jeu il gagna uniquement force procès, force amendes, de la prison même : mais rien ne le lassa, il continua vaillamment, consciencieusement jusqu'à son dernier jour. Il vit, je crois, 1848, n'y gagna pas davantage, y perdit même probablement un peu plus encore, mais du moins s'éteignit avec un dernier regain d'espérance. La femme de cet honnête homme mérite aussi un souvenir : aussi brave que son mari, Mme Dentu l'encouragea, le soutint sans faiblir jamais. C'était du reste une femme tout à fait supérieure, artiste, excellente musicienne, à laquelle entre autres productions est due la *Piémontaise*, non pas la plus remarquable, mais la plus populaire de ses œuvres.

La librairie Dentu a toujours existé au Palais-Royal, et à peu près toujours à l'endroit même où elle existe aujourd'hui. Seulement, au temps des deux premiers Dentu, elle occupait un magasin dans la galerie dite « la galerie de bois », laquelle s'étendait exactement sur l'emplacement de la galerie d'Orléans actuelle, construite sous Louis-Philippe. Je devrais dire non pas la galerie, mais les galeries, car c'était un dédale fort curieux, fort pittoresque, — trop pittoresque, assurent même les contemporains. On y voyait travailler en plein air de jeunes modistes plus occupées à regarder les passants qu'à achever des chapeaux. Là florissaient les derniers cabinets de lecture, fondation antique, disparue comme tant d'autres, où on allait faire son courrier, lire les feuilles, et échanger ses impressions sur la politique. Les librairies étaient aussi des centres de réunion et de conversation. Je me figure aisément ce que devait être la librairie Dentu, au temps de Martainville. Quelle animation ! Quel feu croisé d'esprit ! Quel bruit ! C'était la gloire, mais à vrai dire ce n'était pas la fortune : l'honneur ne va guère avec l'argent.

Les Dentu éditaient alors tout ce qui portait un nom dans la littérature : Charles Nodier, Lamennais, encore à sa belle aurore du génie, vingt autres non moins illustres. Sans doute la maison prospérait : elle a laissé un grand nom, mais elle n'était pas millionnaire. Cette fortune était réservée à Edouard Dentu.

Il était tout jeune lorsqu'il perdit son père, si jeune qu'il fallut l'émanciper pour qu'il eût le droit de reprendre la succession commerciale. Il s'attela, on peut employer ce mot, à la librairie de famille, et dès ce jour jusqu'à celui qui le vit frappé des premières atteintes d'un mal mortel, il ne s'est peut-être pas absenté du Palais-Royal cinquante fois en vingt ans. Il avait gardé des traditions de l'enfance un mépris souverain pour l'ostentation en matière d'installation matérielle. Tandis que ses confrères, les Lévy, les Hachette, suivant la nouvelle mode, s'évertuaient à « faire grand » et se construisaient de véritables palais, avec *Halls* spacieux, Edouard Dentu continuait, exprès, à faire tout petit. Il n'y a guère plus de dix ans, lorsque je l'ai connu, il fallait, pour le voir, grimper un escalier en tire-bouchon, par lequel on arrivait à une espèce de soupente, à peine assez haute pour s'y tenir debout : un de ces étroits entresols que dessine la courbe des arcs de la galerie de Valois, au-dessus des boutiques. On entrait, ou plutôt on pénétrait à travers un amas de livres et de papiers empilés : d'abord on n'apercevait personne, enfin derrière un bureau également surchargé de papiers et de livres, on distinguait une figure ronde, encadrée de cheveux noirs bouclés, avec la moustache tombante. C'était le maître de la maison.

Son premier soin était de vous inviter à vous asseoir, et comme c'était sinon impossible, du moins très difficile, les deux seules chaises de l'endroit étant converties en bibliothèques, tout de suite la gaîté qui s'ensuivait mettait en communication intime le visiteur et l'éditeur. Par exemple, si vous étiez entré le cigare ou la cigarette à la bouche, vous mettiez le pauvre Dentu sur les épines, et cela se conçoit : une étincelle mal surveillée eût suffi à transformer en four ardent ce retrait étroit. Je pourrais citer tel de mes confrères qui, pour ce motif, faisait la terreur de Dentu. C'étaient des supplications, des cris, des angoisses sans nom. Et de fait il est inouï que jamais le malheur redouté ne se soit produit. Il y a des grâces d'état. Je crois cependant que c'est à bout de ces terreurs que Dentu se décida un beau jour à abandonner son entresol, ou plutôt son antre exigu, et à agrandir son magasin du rez-de-chaussée.

Il se ménagea là deux petites pièces, l'une destinée à servir d'antichambre à l'autre, qui était son cabinet. Bien étroit encore, ce cabinet, qui donnait au rez-de-chaussée sur la cour du Palais-Royal. Mais six mois après il l'était devenu bien davantage : les livres, les liasses, les papiers, s'y accumulaient en montagnes. Si bien qu'un jour il fut impossible à Dentu d'y pénétrer. Il s'arrêta dans l'antichambre qui devint son cabinet. L'invasion des livres et des tas de papiers ne tarda pas à y déborder, mais cette fois il n'y avait plus à fuir, à moins d'émigrer dans le magasin même. De fait, Dentu s'y réfugiait souvent et y tenait ses audiences, ou plutôt ses causeries. Car ce libraire, qui laisse une des plus grosses maisons de Paris, offrit toujours ce caractère original d'un homme qui n'avait jamais l'air de faire des affaires, et qui semblait simplement causer. Ses registres, sa comptabilité commerciale, étaient invisibles aux profanes. Quand on entrait, Dentu se contentait de prendre une plume et d'écrire un seul mot, d'une écriture microscopique, sur un petit cahier placé devant lui. Ce mot, c'était le nom du visiteur. Jour pour jour, les cahiers de Dentu, depuis vingt-cinq ans, ont noté tous les noms des gens qui sont venus le voir. Ce memento lui suffisait pour tout lui remettre en mémoire : propositions, engagements, promesses et traités.

Ce que Dentu a publié pendant ces vingt-cinq ans est incalculable. Il n'eut jamais de spécialité, car, bien qu'il ait édité quelque cent mille volumes de roman, il a publié également d'innombrables volumes d'histoire et de *Mémoires*. Tout récemment, c'est chez lui que paraissait le premier volume de M. de Maupas, sur le 2 décembre. Vers 1860, une des vogues de la librairie Dentu consista dans une nuée de brochures à 1 franc, qui, toutes actuelles, la plupart anonymes, excitaient la curiosité. Elle est aujourd'hui plus difficile que ça à émouvoir, la curiosité parisienne ! Mais en ce temps-là on n'était pas encore blasé, et il avait suffi d'une première brochure : le *Pape et le Congrès*, pour ouvrir les écluses de ce Pactole facile. Imperturbable, Dentu déclarait aux questionneurs qu'il ignorait lui-même les auteurs de ces divers chefs-d'œuvre. Tout ce qu'il savait c'est que c'étaient de très grands, très grands personnages, car la façon dont ils s'étaient mis en rapports — indirectement, — avec lui ne laissait aucun doute là-dessus. J'ai toujours soupçonné Dentu d'avoir commandé ces diverses brochures à un seul et même journaliste, spécialement attaché à la maison pour ce genre de service, comme Sauvaître y est attaché de fondation, pour la direction de la vente.

Sauvaître a été pendant toute cette longue période, aujourd'hui rompue par la mort, le commis fidèle, inséparable, de Dentu. Il savait, je crois, tout ce que Dentu savait, car ce dernier avait en lui une confiance absolue, et parfaitement justifiée. Ce petit homme, à moustache roussâtre, avec son œil ironique et sa lèvre dédaigneuse, avait la conscience de sa valeur et de sa force. Il se sentait la pierre angulaire de la maison, le régulier, l'ordonnateur impeccable. Il le faisait même volontiers sentir aux secrétaires du patron : car Dentu, depuis dix ans environ, eut toujours un secrétaire, attaché à sa librairie, ou pour mieux dire à sa personne. Il eut la main heureuse : le premier fut Jules Troubat, l'ancien secrétaire de Saint-Beuve, qui ne quitta Dentu que pour aller prendre possession de la fonction de bibliothécaire au château de Compiègne. C'était, et c'est toujours un homme fort instruit, lettré, dissimulant des idées politiques et philosophiques infiniment trop avancées à mon gré, et au gré de Dentu, sous une exquise politesse et un naturel foncièrement affectueux et sympathique. Le second secrétaire de Dentu, celui qui va probablement se trouver libre, est M. Emile Faure, un des hommes les plus érudits que je connaisse sur les questions historiques, écrivain distingué, journaliste ayant fait brillamment ses preuves, et qu'une grande Revue aurait dû s'attacher depuis longtemps. M. Emile Faure professe, je crois, des opinions diamétralement opposées à celles de son devancier. Dentu l'aimait beaucoup, car il retrouvait dans M. Emile Faure un écho de sa jeunesse, au beau temps où la vieille librairie des Galeries de bois retentissait du fameux cri de Martainville, devenu l'épigraphe du journal le *Drapeau blanc* : « Vive le Roi quand même! »

Dirai-je, pour finir, que l'étrange régime auquel Dentu se soumit pendant vingt-cinq ans et plus, n'a pas dû influer médiocrement sur sa fin prématurée Il habitait Passy, rue de Boulainvilliers, un bel hôtel où il aimait à réunir ses amis, ses « auteurs », et dont Mme et Mlle Dentu faisaient gracieusement les honneurs. Mais excepté les jours, assez rares, où il donnait à dîner, Dentu, hiver comme été ne dînait jamais. Il arrivait à sa librairie du Palais-Royal entre deux et quatre heures de l'après-midi, et il n'en sortait qu'à onze heures du soir, le plus souvent à minuit. Tout ce temps, il le consacrait à ses affaires, c'est-à-dire à recevoir les auteurs, à traiter avec eux, ou à régler les intérêts communs. Vers minuit, il partait à pied, et, convaincu qu'il en avait assez fait pour l'hygiène, prenait un fiacre à la hauteur des Champs-Elysées et regagnait ainsi Passy, où il rentrait vers une heure du matin. Un souper l'attendait : il mangeait copieusement, se couchait, s'endormait aussitôt, et recommençait le lendemain la même existence, régulière, mais, hélas ! dangereuse comme l'événement l'a prouvé.

Je crois que tous ceux qui ont approché comme moi Édouard Dentu garderont de lui le souvenir et l'impression qui m'en resteront toujours : c'était un homme aimable, serviable, et avec qui on causait avec plaisir, car il avait beaucoup d'esprit. Le nom de Dentu ne s'éteint pas avec lui, car il laisse un frère, M. Gabriel Dentu, qui s'occupait aussi, sans se mettre jamais en évidence, des intérêts de la maison. C'est M. Gabriel Dentu qui lisait les manuscrits, et il s'acquittait avec intelligence et intégrité de cette tâche délicate. Je ne crois pas cependant qu'il mette son nom sur la maison que laisse son frère regretté. Mais on me dit que la librairie continuera quand même son exploitation par les soins de Mme veuve Dentu. On pourra juger demain de l'immense vide creusé par cette mort, rien qu'à voir la foule d'écrivains qui se presseront aux obsèques de Dentu. Il était en effet le « libraire de la Société des gens de lettres ». C'est un titre considérable et il lui assure une place dans l'histoire de la littérature contemporaine.

DANCOURT (ADOLPHE RACOT).

LA HALLE AUX CUIRS

La mort aura, cette année, été plus impitoyable pour moi que les précédentes; encore un ami, un collaborateur, qui fut en même temps mon éditeur, ce qui est assez rare, et qui s'en va bien jeune encore.

Edouard Dentu n'était pas seulement libraire-éditeur, officier d'Académie, officier de l'ordre royal des saints Maurice et Lazare, chevalier des ordres du Medjidié de Turquie, de la Couronne de chêne de Hollande et de François Ier de Naples, il était encore, et s'en faisait gloire et joie, membre du Caveau.

Il y entra avec une très franche chanson, et s'y maintint avec une série de couplets ronds et gaulois. Il me proposa de publier un volume de mes chansons, ce qu'il fit avec des illustrations splendides, auxquelles ne pouvaient certainement pas prétendre de simples refrains. Mais, sous une apparence un peu froide, Dentu était un enthousiaste. Il fit plus, il écrivit en tête de ce volume un historique du Caveau qui eut un véritable succès.

Naturellement, je me liai avec Dentu, auquel je fis faire l'achat des œuvres complètes de ce pauvre Gustave Aimard, qui, après une carrière si laborieusement remplie, était sans ressources. Plus pour rendre service à l'écrivain que pour faire une affaire, Dentu se décida, et il assura des rentes à Aimard, qui, du moins, fut ainsi, jusqu'à sa fin douloureuse, à l'abri du besoin.

La dernière fois que je vis Dentu, c'est à l'enterrement de notre ami commun, Frédéric Thomas; je lui trouvai une mine inquiétante, et ne conservai guère, en le quittant, l'espoir de le retrouver à la table du Caveau.

Dentu, d'abord traité pour une maladie qu'il n'avait pas, vient de mourir à Passy, âgé seulement de cinquante-trois ans, bien regretté certainement de tous et laissant un vide douloureux dans le cœur de celui qui signe ces lignes.

CHARLES VINCENT.

L'ILLUSTRATION

Ah! ces oiseaux de Paris! Ils chantent partout, même au cimetière. Ils sautillent et frétillent pendant qu'on pleure sous les arbres. Tandis que les convois s'allongent dans les allées, eux les accompagnent de branchette en branchette, regardant tous ces gens en noir, de leurs petits yeux clairs et curieux. Ils mêlent leur chanson aux prières des prêtres. Et qui sait si ces *ténorinos* de cimetière ne prient pas, eux aussi, à leur manière, pour ces morts qu'ils voient emporter?

Il n'y a pas deux semaines, M. Edouard Dentu mariait sa fille aînée à M. le baron de Labatut. La petite église de Passy, où nous avons tour à tour conduit Jules Janin et Montigny, était trop étroite pour contenir la foule des amis accourus. Un voile violet couvrait l'autel. On était en Carême. Puis le père de la mariée n'était point là et le très aimable et très honnête homme n'avait plus que quelques jours à vivre. Pas deux semaines, et les mêmes amis ont repris le chemin de la même église!

C'est une physionomie parisienne qui disparaît. Combien de gens — et de jeunes gens — ont, en tremblant, poussé la porte de la boutique de Dentu, galerie d'Orléans! Lui, assis dans son petit bureau, accueillait, même les débutants, avec un sourire et une parfaite urbanité, une politesse d'un autre temps! Par milliers, par monceaux il a publié des romans et des brochures! Il avait un sens étonnant, un flair prodigieux pour les titres. Sur le titre, il préjugeait d'un succès et ne se trompait guère.

Il vivait dans sa librairie, pour sa librairie, heureux de se tenir dans ce petit bureau où tout Paris, absolument tout Paris, a passé. Il y arrivait dans l'après-midi, il s'y tenait jusqu'à minuit et alors regagnait son hôtel de Passy, fort joli avec son blanc aspect de maison du dernier siècle. Il avait là, dans une grande pièce, au plus haut étage, ses autographes (des trésors) et, un peu partout, des dessins, des tableaux, entr'autres des toiles de Decamps, l'illustre peintre, dont il avait épousé la fille.

Dentu possédait même et Mme Dentu garde encore pieusement la maisonnette où Decamps s'enfermait pour travailler dans la forêt de Fontainebleau. Parfois Corot, Rousseau, Diaz venaient retrouver là le maître orientaliste, et chacun d'eux, en manière de carte de visite, donnait sur la porte ou la muraille quelque coup de pinceau. Il y a, sans compter les Decamps inconnus, des Corot inédits dans la *cabane* du maître peintre.

LE MATIN

Édouard Dentu, le célèbre libraire du Palais-Royal, est mort le 13 avril, dans son petit hôtel de Passy, des complications d'une maladie de foie qui ne laissait plus d'espoir depuis quelques jours au docteur Potain, son médecin et son ami, et au docteur Larcher, appelé en consultation.

Le *Matin* annonçait, le 26 mars dernier, que l'état de santé de M. Dentu était très inquiétant et que son médecin ordinaire n'avait pas cru pouvoir cacher à la famille les craintes extrêmement vives que lui inspirait la santé du malade. Nous ajoutons que le célèbre éditeur était atteint d'abcès au foie, et que cette affection, déjà très grave par elle-même, était rendue plus grave encore par la constitution du malade.

L'obésité de Dentu était proverbiale dans le monde des lettres. Nous ne connaissons guère qu'Eugène Chavette qui aurait fait craquer ses redingotes, et encore ! Lui-même était le premier à plaisanter sur son embonpoint. Il n'y a pas quinze jours, nous lui avons entendu dire : « On peut me blaguer impunément ; j'ai trop de lard pour sentir les lardons. »

Cette obésité progressive était, depuis quelques années surtout, une menace perpétuelle, toujours grandissante pour lui. Tout à coup, il y a de cela quelques mois, il maigrit brusquement, progressivement. Son teint s'altéra, prit la coloration jaune des cachectiques. Dentu n'en vaquait pas moins à ses occupations. Enfin, ses forces le trahirent. Il s'alita. Le médecin de Passy — praticien très distingué qui le soignait — reconnut la nature du mal et ce fut de ce lit, qu'il ne devait plus quitter, qu'il signa le contrat de mariage de sa fille aînée. Le mal était de ceux contre lesquels la science ne peut rien. Après une agonie effroyable, qui a duré vingt-quatre heures, et au cours de laquelle le moribond a été administré, Dentu est mort entouré de toute sa famille.

De tous les éditeurs connus, Dentu est peut-être celui dont la perte sera le plus vivement ressentie par tous les débutants du roman. Il était, en effet, l'affabilité née, à tel point qu'on aimait presque mieux être éconduit par lui qu'édité par tel ou tel autre. Son parler doux, moelleux, ses façons engageantes et gracieuses ont été, d'ailleurs, pour beaucoup dans le succès qui a marqué toutes les étapes de sa carrière. Si Dentu n'avait pas été éditeur, il aurait fait un excellent diplomate.

Toute la littérature contemporaine a défilé dans son petit cabinet situé de plain-pied avec son magasin et où il traitait, comme en se jouant, les plus grosses affaires. Dentu était éditeur de la Société des gens de lettres et, à ce titre, en perpétuel contact avec les romanciers, mais il a publié aussi nombre d'autres ouvrages, parmi lesquels bien des brochures retentissantes, sous le second empire, notamment, de concert avec Dumineray, la fameuse lettre du duc d'Aumale au prince Napoléon.

LE MOT D'ORDRE

C'était un brave homme — un type — que ce pauvre Dentu qui vient de mourir et que nous allons suivre, tout à l'heure, jusqu'à sa dernière demeure. Je ne voudrais pas faire de rapprochement malséant, mais en vérité sera-t-il plus à l'étroit, dans la chemise de bois, qu'il ne l'était — qu'il n'aimait à l'être — dans ce qu'il appelait son bureau, au Palais-Royal.

Jusqu'à ces deux dernières années, Dentu vous recevait dans un espace de deux mètres carrés, dont il occupait plus de la moitié, espace borné au nord par un bureau encombré d'un monceau de lettres, haut de deux pieds ; à l'est, par des liasses de brochures ; à l'ouest, par des dossiers. C'était le visiteur qui bornait le quatrième point cardinal. On était tout près, les genoux touchant presque sa chaise. Pas d'air. Une atmosphère lourde, chargée des âcretés empyreumatiques des encres d'imprimerie. C'est là qu'il vivait, de quatre heures à onze heures du soir, sans bouger, causant, toujours gai d'ailleurs, et plus obligeant qu'on ne le croit généralement. Quand on avait à signer des traités et des reçus, Dentu repoussait de la main le monceau de lettres et vous livrait un tout petit, petit coin, sur lequel on avait peine à trouver place pour la plume. Mais il se trouvait si bien dans cet *in pace* que ce lui fut presque un chagrin lorsque, chassé par les amoncellements de traités et de dossiers, force lui fut de se tenir dans un bureau un peu plus grand, un peu plus clair, d'une dizaine de mètres. Il avait trouvé le moyen, cependant, de s'entourer encore de remparts de papier imprimé.

J'ai dit « un brave homme ». C'est vrai. Il aimait à rendre service et le faisait sciemment, acceptant de gaieté de cœur une affaire modique, ou même mauvaise, pour tirer d'affaire un homme de lettres. Et, comme éditeur, il était d'une honnêteté à toute épreuve. Ses traités n'avaient rien de léonin. Il est un éditeur que je pourrais nommer, qui impose à ses hommes de lettres des conditions féroces : on n'y croirait pas. Cet éditeur vous oblige à lui céder cinquante pour cent sur tous vos droits de reproduction, sur les pièces de théâtre qu'on tirerait de votre livre, sur toute mouture quelconque qui peut sortir de ce sac que vous lui avez livré. Cela s'appelle les affaires. C'est de l'exploitation pure et simple. Avec Dentu, rien de pareil. Il vous achetait, moyennant un tant pour cent par volume tiré, le droit d'exploitation pendant un certain nombre d'années, dans une forme déterminée, l'in-12. En dehors de cela, votre œuvre vous appartenait : si vous trouviez à l'éditer en in-18, en in-8°, en publication illustrée, Dentu vous souhaitait bonne chance : c'était tout.

Quant à cette croyance enracinée chez ceux qui ne se vendent pas que l'éditeur fait quelquefois des tirages nocturnes qu'il écoule sans vous en tenir compte, c'était, quant à Dentu, de la légende absurde. Jamais il n'a tiré un exemplaire dont il n'ait payé le prix à l'auteur. Cela a sa valeur, croyez-le.

On vous dira, je le sais bien, qu'il n'aimait pas à faire des comptes : c'est vrai, la régularité banale des additions et des balances l'agaçait. Il aimait mieux vous donner de l'argent, fût-ce même en avance. Mais ce qu'il exigeait des hommes de lettres, c'était que l'on causât avec lui. Quand il tenait un de nous dans son petit coin, il ne le lâchait pas. Il fallait rester une heure, quelquefois plus, tandis que les autres attendaient sous le regard calme de Sauvaître. En ces derniers temps, Faure, qui fut jadis un de nos bons journalistes, était parvenu à réformer un peu tout cela. Hélas! il était trop tard. Dentu est mort d'immobilité et en quelque sorte étouffé par le papier imprimé.

Grande maison. Qui succèdera à Dentu? Il y a là une mine d'or pour un homme jeune et intelligent. Oui, mais aura-t-il le demi-million — plus peut-être — que représente cette immense entreprise? Attendons et souhaitons de retrouver un éditeur aussi affable et aussi sérieux.

Un Parisien.

LA NATION

Demain on l'enterre, le célèbre éditeur.

Je le vois toujours dans son petit réduit de la galerie d'Orléans, assis derrière une petite table modeste, sans élégance et encombrée de manuscrits, de brochures et de livres.

Son ventre repoussait la table quand il se levait pour reconduire les visiteurs et les visiteuses; celles-ci étaient nombreuses ; le brave homme était si affable que tous les bas-bleus accouraient chez lui de préférence.

Il avait une voix douce et harmonieuse qui rassurait les débutants, et point d'allure revêche. Ce qui plaisait surtout, c'est qu'on ne rencontrait pas chez lui les formes du négociant ; on se sentait en présence plutôt d'un confrère que d'un homme qui allait s'occuper du poids du papier, du prix de revient, des couvertures, de tous ces détails si éloignés des œuvres d'imagination. Et, en effet, Dentu était un lettré ; il lisait et annotait maint manuscrit, et le plus souvent donnait des conseils excellents aux jeunes auteurs et aux vieux ; on en profitait.

Très pittoresque, la boutique de Dentu. On vend au détail, absolument comme dans les petites boutiques; et on ne se douterait pas que c'est de là que sortent tant d'ouvrages, car on y édite au minimum un volume par jour !

Tout s'y passait en famille ; derrière un petit comptoir se tenait M. Sauvaître, *l'alter ego* de Dentu, celui en qui il mettait toute sa confiance.

M. Sauvaître était là impassible et froid et attendait le client en causant avec trois ou quatre vieux hommes de lettres décorés qui venaient tous les jours de quatre à six heures — vieille habitude — bavarder sur les événements littéraires et politiques.

Pendant ce temps, le patron, dans son petit cabinet, recevait les auteurs qui attendaient au milieu des paquets de livres, trouvant à peine une ou deux chaises sur lesquelles on pût s'asseoir.

De temps en temps, la petite voix faible et grêle de Dentu criait : Sauvaître !

Aussitôt, Sauvaître s'empressait d'aller dans le cabinet où Dentu lui donnait ses ordres, et laissait les vieux hommes de lettres continuer la conversation entre eux. Ils se rabattaient alors sur M. Émile Faure, le secrétaire de l'éditeur.

Et tous les soirs il en était ainsi.

Je parle plus haut de l'affabilité du défunt. Il était plus qu'affable, il était bon et généreux. Je sais qu'il ne craignait pas, lorsqu'un auteur était embarrassé, de lui avancer l'argent d'un roman dont pas une ligne n'avait encore été écrite et dont le titre n'était pas trouvé. Je doute qu'on rencontre souvent un éditeur comme lui.

Les véritables éditeurs lettrés disparaissent ainsi peu à peu ; la littérature perdra certainement à cette disparition et on continuera à substituer le livre de négoce au livre d'art, c'est fort à craindre.

FRANCIS ENNE.

LA PAIX

Vous souvenez-vous du dernier livre que publia Monselet sous le titre : *Mon dernier né?* C'est un petit volume in-18 dont la couverture, couleur saumon, est illustrée d'un dessin à la plume qui est à lui seul tout un document. Ce dessin représente un bureau d'état civil. Monselet vient faire enregistrer son dernier né et c'est Dentu qui le reçoit. Les portraits sont très ressemblants. L'auteur a la face joyeuse que vous lui connaissez et l'éditeur ne paraît pas trop mécontent. Le premier rit derrière ses lunettes, le second a sur les lèvres ce sourire moitié gouailleur, moitié sceptique, qui ne le quitta qu'avec la vie. Renversé dans un fauteuil, le ventre retombant sur les cuisses, Dentu a l'air de dire à Monselet : « L'enfant est bien conformé, il ne lui manque rien; je lui souhaite bonne et longue existence, dans votre intérêt comme dans le mien — dans le mien surtout, car votre avant-dernier né n'a pas vécu longtemps et j'ai eu bien de la peine à payer ses mois de nourrice. »

Tout Dentu est dans la couverture de ce livre. C'est bien sa boutique et sa manière d'être. Et quelle boutique, quel charmant homme ! Ouverte à tous, toujours aimable ! Un débutant venait-il lui offrir un volume, il ne faisait pas comme tant d'autres, il ne s'empressait pas de le reconduire. Au contraire, il le priait de s'asseoir, il le retenait, causait avec lui de ses projets, rien que pour voir ce qu'il avait dans le ventre ou dans la tête, et promettait de lire son manuscrit.

Il ne le lisait pas, mais il le donnait à lire à son frère, à Gabriel Dentu, qui est bien l'homme de Paris qui a dévoré le plus de romans dans sa vie, et puis, si le livre valait quelque chose, il l'éditait au petit bonheur la chance. Vous n'aviez pas de nom, il vous en faisait un. Ne faut-il pas commencer par le commencement, en littérature ? Rien de bête comme de dire à un jeune homme : « Faites-vous d'abord un nom, nous verrons ensuite. » Car enfin vous enfermez ce jeune homme dans un cercle vicieux. Pour se faire connaître, il faut d'abord se produire ; or, si vous ne voulez pas le produire, comment voulez-vous qu'il se fasse connaître? Dentu sentait si bien cela qu'il n'hésita jamais à éditer à ses frais le volume d'un inconnu. Tant mieux s'il avait du succès, tant pis s'il n'en avait pas. Il savait qu'en librairie un bon livre en faisait passer deux mauvais, et, commerçant comme il l'était, les cas sont rares où il ne rentra pas dans son argent.

On dit qu'il a fait des fortunes littéraires. Je n'y contredis pas, les hommes sont là qui le prouvent ; mais, en fait de fortunes, il a surtout su faire la sienne. Otez les Goncourt, Paul Féval, Alphonse Daudet, Belot, Claretie, Malot, Ferdinand Fabre... quels sont les littérateurs de talent qu'il a mis au jour ? Tout le menu fretin de la Société des gens de lettres a passé chez lui. Quels tristes gens de lettres ! Que de médiocrités ! Aussi bien n'est-ce pas le roman qui a fait la fortune de Dentu, mais bien plutôt les brochures.

Dans l'espace de dix ans, de 1855 à 1865, la petite librairie du Palais-Royal publia quelque chose comme cinq mille huit cents brochures, et, pour ne citer que la plus célèbre, celle du *Pape et le Congrès*, qui fut tirée à cinq cent mille exemplaires, rapporta près de trois cent mille francs à Dentu.

Ce sont les brochures de MM. de la Guéronnière, de Persigny, de Falloux, de Montalembert, qui ont doré son enseigne de la galerie d'Orléans. Tout légitimiste qu'il était au fond, Dentu n'affichait jamais son opinion dans sa librairie. Comme éditeur, c'était un éclectique ; peu lui importait le drapeau de ses clients ; il publiait tout ce qu'on lui apportait, blanc, rouge ou tricolore, du moment que le manuscrit lui plaisait et qu'il y voyait une source de bénéfices.

Je me souviendrai toujours de la première visite que je lui fis, il y a trois ou quatre ans. Ce jour-là, la petite boutique était pleine. Il était cinq heures du soir, Dentu était dans le feu de ses audiences et l'on se serait cru à confesse, tant chacun attendait impatiemment son tour. Il y avait là Daudet, Montépin — singulière rencontre ! — Belot, Saunière, du Boisgobey, je ne sais plus qui encore. Daudet était assis sur une pile de livres, Saunière sur une marche de l'escalier en colimaçon qui relie le rez-de-chaussée à l'entresol, Montépin partageait la chaise de Sauvaître, et Belot, les mains dans ses poches, piétinait sur place, dans un coin, disant de temps à autre :

— Mon Dieu, que ce Dentu est donc em... bêtant !

Enfin, après deux heures d'attente, la porte du cabinet s'ouvrit pour moi. Était-ce bien un cabinet d'éditeur ? N'était-ce pas plutôt l'arrière-boutique d'un chiffonnier ? Du papier partout, des livres en feuilles, des romans de toute couleur empilés par centaines sur trente ou quarante colonnes, des casiers remplis, une mauvaise table sur laquelle débordait le ventre de Dentu, et tout à côté une méchante chaise. Dentu s'était dit, sans doute, que si les écrivains étaient trop au large dans son cabinet, ils s'y attarderaient, et, comme il n'avait pas le temps de rire, il les recevait... sur le pouce. Quel homme expéditif dans sa nonchalante épaisseur ! Il avait devant lui un petit carnet de poche où il notait, au fur et à mesure, ses observations, ses engagements, ses rendez-vous.

Quand il était rempli, il en prenait un autre. Que j'en voudrais feuilleter quelques-uns ! C'était sa main courante et son guide-âne. En deux coups de crayon il vous peignait un nouveau venu, résumait une conversation, réglait une affaire ; vous pouviez repasser trois mois après, il ouvrait son carnet et, de suite, sans hésitation aucune, il reprenait l'entretien au point où il l'avait laissé. J'ai rarement rencontré une mémoire aussi fidèle. Que dire maintenant de son activité, du labeur qu'il s'était imposé ? Il voyait tout, pensait à tout, savait à un exemplaire près ce qu'un livre avait rendu, s'occupait enfin des moindres détails, au risque de s'y perdre, mais sans jamais s'y noyer. De quatre heures du soir à une heure du matin, être assis sans bouger dans une chambre sans air et recevoir à la file tous ceux qui se présentent, les importuns comme les amis, quelle corvée! quel supplice! Aussi y a-t-il laissé sa peau. Après sa fille, qu'il voulut marier avant de partir, ce qu'il aimait le mieux au monde, c'était son collier de misère, c'était sa boutique du Palais-Royal. *Trahit sua quemque voluptas,* a dit le poète. Chacun prend son plaisir où il le trouve — et la mort aussi!...

LE PAPILLON

Le nom de Dentu, depuis quatre-vingt-sept ans, est connu du monde entier; il se trouve intimement lié au mouvement scientifique, politique et littéraire de la France. C'est de cette modeste petite boutique, située galerie d'Orléans, au Palais-Royal, que sortent, depuis 1794, ces milliers de livres et de brochures qui vont se répandre dans l'univers. Chacun de ces écrits contient une parcelle plus ou moins grande du savoir humain; il contribue donc à l'œuvre de progrès, et l'on peut dire que les Dentu ont puissamment contribué au grand mouvement progressiste et civilisateur.

Ce qui a fait de la maison Dentu une des premières maisons d'éditeurs de France, c'est que son fondateur et ses deux successeurs ont été des hommes d'égale valeur. Jean-Gabriel Dentu, le grand-père de l'éditeur actuel, établit d'abord sa librairie au passage Feydeau ; mais dès 1794, il s'installa dans une des boutiques de la galerie de Bois du Palais-Royal.

Jean-Gabriel Dentu était un lettré, un écrivain de talent ; il fonda, en collaboration avec de la Messaugère, le *Journal des Dames* qui eut un grand succès. C'était un journaliste spirituel, un polémiste hardi ; royaliste dans l'âme, il fonda encore le *Drapeau blanc* avec Martainville : ce journal fit un bruit d'enfer. Lamennais et Charles Nodier y collaboraient.

Les connaissances littéraires de Gabriel Dentu, ses instincts de lettré délicat ont contribué à créer un excellent fonds à cette maison ; il édita une édition de Vauvenargues, une traduction d'Ossian, les lettres de Bolingbroke, beaucoup de livres de voyages, un excellent traité d'histoire naturelle, les ouvrages de géographie de Walckenaer, de Sonnerat, de Pouqueville et de la Malle, etc.

Le premier, il a fait connaître en France les principaux ouvrages des auteurs allemands et anglais, dont il a publié des traductions.

Il ne se retira de la lutte politique et de la vie active qu'à l'âge de soixante-dix ans, laissant sa maison à son fils Gabriel-André Dentu. Celui-ci, plus ardent légitimiste encore que son père, s'est rendu célèbre par l'opposition acharnée qu'il a faite à l'Empire et à la Restauration de Juillet. Homme de combat s'il en fut, il a sacrifié sa fortune et sa liberté à la cause qui lui était chère, il a payé un nombre incalculable d'amendes à ces deux gouvernements, il a été condamné à six mois de prison en 1833, pour trois brochures intitulées : les *Cancans fleurissants*, les *Cancans décisifs*, les *Cancans inflexibles*. Peu de temps après, il était encore condamné à trois mois de prison pour les *Atrocités* et pour *Henri, duc de Bordeaux*. Il se trouva, du reste, en si bonne compagnie en prison, qu'il y passa son temps fort agréablement ; ses compagnons, sur *la paille humide*, étaient : Enfantin, Sosthène de la Rochefoucauld, Hivert, Blanqui, Aubry Foucaud et Bassières.

Tout en se dévouant à la politique, Gabriel Dentu s'occupa pourtant d'enrichir sa librairie de fort bons ouvrages ; il fit de petits chefs-d'œuvre typographiques avec le *Voyage sentimental* de Sterne et la traduc- du *Werther* de Gœthe, de Sevelinges. Sa femme était très distinguée, et d'un esprit supérieur, bon poète et bonne musicienne ; elle a composé beaucoup de romances ; son chant de guerre *la Piémontaise* est devenu très populaire.

M. Edouard Dentu, troisième de nom, avait été dès son enfance à une grande école littéraire ; orphelin, alors qu'il était encore au collège, Auguste Barbier était son subrogé tuteur, et Chateaubriand, ami de sa famille, le recevait à ses jours de sortie. On le voit, la chance l'avait favorisé : il avait pu, dès ses jeunes années, puiser les instincts de la haute littérature auprès de ces deux hommes de valeur.

Il n'avait pas vingt ans lorsqu'il se vit forcé de se mettre à la tête de la maison du Palais-Royal, et il arrivait après la crise de 1848. On comprend quelle intelligence et quels efforts il a dû dépenser pour relever la maison et en faire une des premières maisons d'édition de France. Chose curieuse, ce sont les brochures politiques qui lui ont valu ses premiers succès; de 1850 à 1860, il a édité cinq mille huit cents brochures dont quelques-unes, comme celle du *Pape et du Congrès*, par exemple, ont été tirées à 500.000 exemplaires. Très éclectique, il a édité des brochures signées : Falloux, Persigny, Girardin, Montalembert et le marquis de la Rochejacquelein. Ami de Proudhon, c'est lui qui a édité ses derniers écrits.

Le succès de la brochure épuisé, Edouard Dentu a su attirer à lui une pléiade de bons écrivains; il a édité la *Sorcière*, de Michelet, l'*Esprit nouveau*, d'Edgar Quinet, les *Questions d'aujourd'hui et de demain*, de Louis Blanc, les *Iambes*, de Barbier, les œuvres d'Arsène Houssaye, d'Henri de Bornier, de Féval, de Daudet, de Gonzalès, de Ponson du Terrail, de Victor Tissot, de Belot, de Malot, de Claretie et de bien d'autres encore.

Fils d'une femme de talent, il s'est uni par le mariage à une famille illustre dans l'art; en juillet 1862, il a épousé une des filles du grand peintre Alexandre Decamps. On le voit, M. Dentu, en intelligence, en esprit et en instincts littéraires, avait de qui tenir.

Édouard Dentu était d'une bienveillance extrême, son cœur était excellent et son urbanité parfaite; il possédait une grande érudition, une intelligence vive et prompte à saisir et un esprit très fin. Il était un des hommes les moins minces de Paris, et plaisantait gaiement sur sa corpulence, qui du reste, le laissait vif et alerte. Sa figure, fort grasse, était éclairée par de beaux yeux au regard profond, un peu railleur parfois, et par un sourire très franc et très bon ; causeur charmant, il avait la qualité rare de savoir écouter, et il disait, avec une délicatesse de vieille marquise, l'histoire un peu régence. Il appartenait à cette classe, moins commune qu'on ne pourrait le croire, des sympathiques. Tous ses auteurs avaient une grande affection pour lui, tous étaient ses amis, et sa mort est pour nous tous un cruel chagrin. Il est mort le jour de Pâques, à 2 heures, dans la belle maison qu'il venait de se faire bâtir rue de Boulainvilliers, 56, à Passy.

Il n'avait jamais fait de graves maladies, c'est dire que sa constitution était robuste; pourtant il suivait une hygiène détestable : il se levait tard, déjeunait copieusement, venait vers les 4 heures au Palais-Royal ; là il restait enfermé souvent jusqu'à 11 heures du soir, dans une petite pièce encombrée de paperasses poussiéreuses. Cette pièce était mal aérée ; il ne dînait qu'à minuit, en rentrant chez lui. Les soirs où il allait au théâtre, il ne dînait que vers 1 heure du matin, de retour à Passy.

Il était gourmet comme feu Grimaud de la Reynière ; les écrivains qu'il éditait aimaient beaucoup l'avoir à dîner, et ils lui donnaient de bons dîners. Des heures de repas irrégulières, de bons dîners, aucun exercice, un bureau mal aéré, voilà ce qui aurait tué en peu d'années un homme moins robuste que lui ; cette mauvaise hygiène a mis vingt ans pour l'abattre,

Il y a trois semaines à peine, il était encore au Palais-Royal, mais affaibli et le teint terreux. Il suivait un traitement pour le diabète, alors que, chez lui, le diabète était simplement l'indice d'une maladie de foie. Moi, j'étais en convalescence d'une grave maladie. « Encore une fois, me dit-il, vous voilà revenue de loin. Mais je crois que moi, je vais où vous avez failli aller, je me sens très mal, ce régime qu'on m'impose me tue. » Il me paraissait s'affecter. Je lui dis en riant que mourir était une chose fort difficile, puisque, à l'agonie à trois reprises différentes mon âme n'avait pas pu s'échapper de mon corps. Nous causâmes spiritisme, et voici ses dernières paroles, les dernières, hélas ! que j'ai entendues de lui : « Après tout, que la mort vienne, la vie est absurde, et vous et moi nous avons le grand bonheur de savoir où nous allons ! »

Le lendemain il ne pouvait plus quitter son lit. Ayant le pressentiment de sa fin, il a voulu que le mariage de sa fille avec le baron La Borie de la Batut se célébrât quand même. C'est son frère, M. Gabriel Dentu, qui a conduit sa fille à l'autel.

Son agonie a été douloureuse, mais il a vu la mort avec calme, résignation et sérénité.

Le grand-père de Dentu a édité les premiers ouvrages sur le magnétisme, entre autres celui de M. de Puységur.

Le magnétisme étant nié il y a peu d'années encore, il fallait une rare clairvoyance et un certain courage pour lui prêter appui au commencement du siècle.

M. Edouard Dentu a édité beaucoup de livres de

sciences occultes, c'est chez lui qu'a paru la première édition des œuvres d'Allan Kardec, avec lequel il fit de nombreuses expériences. Il était lié avec Hennequin, et il édita son livre *Sauvons le genre humain;* il a édité un livre de Daniel Home, le célèbre médium; il en a édité deux de son ami, Henri Delaage. C'est chez lui qu'ont paru le livre : *Choses de l'autre monde*, d'Eugène Nus, et le *Monde des esprits*, de votre servante.

Comme phénomènes spirites il avait vu tout ce qu'on peut voir : Daniel Home et Delaage l'avaient introduit dans le monde des esprits. C'était un spirite croyant; mais avec les incrédules, il souriait finement si on parlait spiritisme — les incrédules croyaient qu'il raillait le spiritisme, alors qu'il souriait simplement de leur incrédulité.

Nous avons fait plusieurs expériences ensemble; nous causions souvent spiritisme, je l'ai dit, il croyait aussi fermement que je crois moi-même. Mais voilà que les cinq mois qui suivirent la mort d'Henri Delaage, il me disait souvent : « Savez-vous que ma foi est ébranlée ! »

Il refusait de me dire pourquoi; mais un jour, au Palais-Royal, je le trouve tout gai, tout heureux ! « A présent, me dit-il, ma foi est redevenue inébranlable. » Il me conta qu'ils s'étaient juré, avec son ami Delaage, que le premier qui mourrait se montrerait à l'autre, si la chose était possible... Voyant que Delaage ne lui apparaissait pas, il avait douté, ce qui avait été douloureux pour lui. « Mais enfin, la veille, » me dit-il,

Delaage s'était montré à lui, il l'avait vu, de ses yeux vu — et comme saint Thomas, après avoir vu il croyait.

Ce jour-là nous nous jurâmes la même chose; seulement, tous les deux nous pensions que ce serait moi qui partirait la première : « Vous vous ferez accompagner, me disait-il, par Delaage, et tous les deux vous viendrez me redire : « Voyez, regardez-nous, cela est. On peut « revenir. »

C'est lui qui est parti le premier, tiendra-t-il sa parole??

OLYMPE AUDOUARD.

LA PATRIE

Mercredi dernier, le « Tout-Paris » littéraire et artiste accompagnait de Passy au cimetière du Père-Lachaise ce pauvre et regretté Edouard Dentu, auquel j'avais consacré ici même une trop courte et trop imparfaite esquisse, il y a quelques jours à peine. Partageant les espérances de son frère Gabriel, d'une partie de sa famille et de l'un de ses plus fidèles collaborateurs lui-même, j'avais cru à son prompt et prochain rétablissement. L'une des dernières lettres, sinon la toute dernière, qu'ait écrites l'infortuné malade, avait justement pour but de me remercier de ce rapide article, qui l'avait néanmoins « profondément touché », et je regarde comme un devoir de transmettre à la direction de la *Patrie* et à ses lecteurs cette expression, devenue posthume, des sentiments émus d'un galant homme, qui fut, à la fois, un lettré délicat, une des physionomies parisiennes les plus fines de ce temps-ci, et un des éditeurs les plus populaires du monde entier. Ce qui lui avait été droit au cœur, c'était « tout particulièrement » ce que j'avais dit de sa chère mère, car il en avait toujours conservé le culte, et c'était aussi, hélas ! le moment précis où lui arrivait ce souvenir. On devine bien, en lisant ces lignes attristées, que le pauvre Dentu sentait sa fin prochaine. Bientôt après, en effet, commençait pour lui cette terrible agonie de 48 heures, qui ne s'est terminée que le dimanche de Pâques à deux heures, et qui avait été précédée de si atroces douleurs que, malgré ses sentiments chrétiens bien connus, il avait souvent invoqué la mort comme une délivrance.

Emmanuel Gonzalès a dit éloquemment sur sa tombe ce que nous pensons tous, et il l'a fait avec des larmes dans les yeux et dans le cœur, en vieil ami qu'il était, en digne et fidèle représentant de la « Société des gens de lettres », dont l'excellent homme était si fier d'avoir été nommé « l'éditeur » ! Arsène Houssaye, retenu chez lui par l'accident que l'on sait, n'a pu assister aux funérailles, mais il a envoyé ses adieux, émus également, et chacun pensait tout bas ce qu'il avait si bien écrit du fond de son lit. Quand on est enterré avec de semblables honneurs, au milieu de si éloquentes larmes de regrets, on ne meurt pas, et, d'ailleus, la mort devrait-elle s'appeler autre chose que la vraie résurrection ? La tombe n'est que la porte ouverte sur la vie éternelle, et ceux que nous portons au champ du repos s'élèvent, tandis que leur corps descend !

Je n'en étais pas moins bien attristé en rentrant chez moi, car me rappeler Dentu, c'était feuilleter le livre de ma propre vie, depuis une époque, trop lointaine déjà, où nous étions jeunes tous les deux et où nous formions pour la France des rêves brillants qui ne se sont, hélas ! guère réalisés, surtout si l'on en juge par les ténèbres du moment et les inquiétudes de l'avenir.

FORTUNIO (PAULIN NIBOYET).

LE PETIT JOURNAL

Nous recevons une douloureuse nouvelle.

M. Édouard Dentu, le célèbre éditeur du Palais-Royal, est mort dimanche 13 avril, à deux heures.

Lorsque, il y a dix jours, nous rendions compte du mariage de la fille aînée de M. Dentu avec M. Laborie de Labatut, nous voulions espérer que le malheur serait conjuré, mais nous conservions peu d'espoir ; M. Dentu succombe à un cancer de l'estomac.

C'était un des hommes les plus sympathiques du monde littéraire.

Bienveillant, obligeant, il accueillait avec plaisir les jeunes et les inconnus ; bien des écrivains, célèbres aujourd'hui, lui doivent d'avoir pu se faire connaître.

Tout le monde a vu la librairie de la galerie d'Orléans au Palais-Royal. M. Dentu a passé là toute sa vie, depuis que la mort prématurée de son père, en 1849, le mit à la tête de cette importante maison de librairie ; il avait dû être émancipé.

Il n'est pas exagéré de dire que M. Dentu est mort pour avoir trop aimé le petit coin d'où sont partis tant de livres au succès retentissant, tant de brochures passionnantes ; d'une complexion très forte, il eût dû faire plus d'exercice et vivre davantage au grand air.

Lorsque enfin il se décida à suivre les conseils de ses amis, il était trop tard.

M. Dentu était né à Paris, le 21 octobre 1830 ; il avait épousé la fille du grand peintre Decamps, à qui nous adressons respectueusement nos plus vives sympathies.

LE SOLEIL

La mort fait, cette année, un travail exceptionnellement barbare, dans le monde des lettres et dans le monde des arts. Les plus robustes, en apparence, ne sont pas épargnés. Qui nous eût dit, il y a trois mois seulement, que nous enterrerions l'éditeur Edouard Dentu ? En voilà un qui paraissait bâti à chaux et à sable et destiné à fournir une longue carrière ! Le mal l'a surpris, sans le moindre avertissement, comme il prend tous ceux qui semblent le narguer, et quand nous apprîmes que Dentu était malade, nous apprenions en même temps qu'il était condamné. Par ci, par là, il y eut quelque répit, une sorte de temps d'arrêt, dans les progrès foudroyants du mal; mais l'éditeur de la Société des gens de lettres ne s'y trompait pas lui-même : brutalement frappé, il se vit perdu et s'arrangea pour mourir.

Il y a quelques jours à peine qu'il mariait sa fille, Mlle Jeanne Dentu. A ce moment là, les médecins avaient l'air d'espérer encore. Etait-il possible qu'un homme aussi robuste pût s'en aller ainsi, tout d'un coup, fondre pour ainsi dire? Nul n'y voulait croire. Il n'y avait pas de Parisien plus Parisien que cet éditeur, quant aux habitudes. Dentu se levait tard, n'avait pas de vie précisément réglée. Il ne connaissait point l'exercice salutaire, les longues promenades réparatrices qui rétablissent l'économie dans une organisation surmenée, se couchait fort avant dans la nuit, après avoir passé quotidiennement des heures dans ce petit réduit de la galerie d'Orléans que toute la littérature contemporaine connaît, où plus humbles et plus célèbres ont passé et passaient il y a trois mois encore, sans se douter que la famille des Dentu se trouverait aussi inopinément éteinte.

L'homme était fort aimable et comptait de nombreux amis. Saura-t-on jamais ce qu'il aura passé de manuscrits, dans ce réduit occupé par les Dentu depuis près d'un siècle, et ce que l'on en retrouverait, en cherchant bien, parmi cet entassement de choses de toute sorte, où, malgré un désordre apparent, l'éditeur savait si bien se reconnaître? Il y aurait de quoi faire une bibliothèque complète, rien qu'avec les brochures publiées par Edouard Dentu, depuis une trentaine d'années, et surtout pendant la seconde période de l'Empire. Certaines d'entre elles firent un bruit considérable, et rien que leur titre rappellerait des souvenirs d'ardentes et parfois violentes polémiques. L'éditeur ne prenait pas garde à cela; son pavillon couvrait la marchandise, et pour lui c'était suffisant. La brochure faisait, dans le monde, sa petite ou sa grande trouée; peu lui importait la doctrine soutenue ou la question brillante développée; son nom, sur la couverture, de connu qu'il était, devenait célèbre, et combien de plaidoyers anonymes n'a-t-il pas ainsi lancés dans la circulation?

Et les romans revêtus de sa griffe, qui voudrait en préciser le nombre? Editeur de la Société des gens de lettres, titre qu'il affectionnait, en même temps qu'il donnait la volée à certains livres de Daudet, de Claretie, de Malot et d'autres écrivains en vogue dont les éditions se succédaient, il en publiait aussi de beaucoup plus modestes aussitôt oubliés que parus, et dont les auteurs auront peine à retrouver un autre asile. A coup sûr, ils ne retrouveront, nulle part ailleurs, un accueil plus aimable et plus séduisant. Que de choses insignifiantes et mort-nées ont paru derrière ces vitrines du Palais-Royal, et qui, grâce à l'habileté commerciale de l'éditeur, s'écoulaient quand même, emportées dans le tourbillon des grands succès, et, il n'est pas permis de dire le contraire, bénéficiant de l'enseigne de la maison!

Edouard Dentu, et ce n'était pas une de ses moindres satisfactions, présidait, depuis la mort du baron Taylor, le dîner bien connu qui avait pris son nom et qui, après s'être tenu chez Notta, se réunissait, depuis quelques mois seulement au *Lyon d'Or*, le dernier lundi de chaque mois. A la fin de mars dernier, une lettre d'Emmanuel Gonzalès nous apprit que le dîner n'aurait pas lieu, à cause de la maladie du président. Pour beaucoup, c'était la première nouvelle, et, comme on le voit, le funeste dénouement ne s'est pas fait attendre. C'est là que je le vis pour la première fois, il y a quelques années, jeune encore, du moins d'apparence, plein de santé et de vie, sans souci du lendemain, comme tous les hommes solides, et bien loin de s'attendre au coup de foudre qui l'a terrassé et qui nous a tous surpris.

Les morts se succèdent, d'ailleurs, dans ce monde, bien restreint cependant, où tout récemment accueilli, j'ai vu disparaître déjà tant de confrères, ou plus vieux ou plus jeunes, presque tous emportés d'une façon inopinée. Tout récemment, c'était Frédéric Thomas, suivant de près Clément Caraguel et Michel Masson. Quelques mois auparavant, nous avions enterré ce pauvre et brave Constant Guéroult, donnant le signal, pour ainsi dire, à son collaborateur Etienne Enault. Paul de Musset disparut aussi, presque tout d'un coup, emporté par la fluxion de poitrine à laquelle on donne maintenant tant de noms bizarres, mais qui fait une rude moisson, depuis quelque temps, parmi les hommes de lettres. Lorsque nous suivions, il y a moins de trois mois le convoi de Frédéric Thomas, nul ne pouvait s'attendre à une nouvelle et aussi prompte cérémonie funèbre, et beaucoup ne s'habitueront pas à ne plus voir, dans cette *boutique* du Palais-Royal, la sympathique physionomie d'un homme qui fut un Parisien, et dont le nom demeurera inséparable du mouvement littéraire contemporain.

JEAN DE NIVELLE (CHARLES CANIVET).

LE TEMPS

L'homme était charmant, cordial, accueillant, lettré, mais, sans compter ses qualités de bienveillance personnelle, il incarnait, pour ainsi dire, en lui la légende de tous les libraires du Palais-Royal. Il était le dernier de ces libraires dont plusieurs avaient été fameux, depuis le girondin Louvet, qui avait là tenu boutique, avec Lodoïska assise au comptoir dans le magasin de Gattey, jusqu'à Ladvocat, le libraire des romantiques, à qui toute la littérature de son temps fit, pour le sauver, l'aumône d'un article—d'où le livre les *Cent et un* — et ne le sauva pas.

Édouard Dentu était, par là, une figure essentiellement parisienne.

Il me rappelait tout à fait ces libraires d'un autre temps, amis de leurs auteurs, et qui, volontiers — comme J.-N. Barba mettait le portrait de Pigault-Lebrun en tête de ses *Mémoires* — eussent souhaité passer à la postérité bras dessus bras dessous avec leurs *édités*.

« Un jour, raconte Jean-Nicolas Barba dans ses *Souvenirs*, la fantaisie me prit d'acheter deux plats d'argent ; j'en offris un à Pigault. Un autre jour, c'étaient deux paires de lunettes d'or ; je fis pour les lunettes ce que j'avais fait pour les plats, en disant : « O Pigault, mon garçon (je l'appelais ainsi), si j'ai jamais un cabriolet, tu en auras un bien vite, car je n'oserais pas aller en voiture et te voir marcher à pied ! »

Voilà l'intimité de leurs rapports. On vola d'ailleurs à Barba ses lunettes. Pigault le sut, ne dit rien, mais, à sa mort, le vieux libraire reçut, avec une jolie lettre posthume, les lunettes d'or de Pigault-Lebrun.

Nous avons vu de même le bon Jules Sandeau apporter à Werdet, son éditeur, ruiné, un roman — un roman tout entier — et dire au libraire : « Je vous donne ça en toute propriété. Faites-en ce que vous voudrez. Oh ! ne me remerciez pas trop ! Cela ne vaut pas grand'chose ! »

C'étaient des braves gens, ces Parisiens d'antan qui font songer à Balzac et au vieux magasin de la *Maison du Chat qui pelotte*.

Combien de gens, depuis 1849, ont gravi chez Dentu, dans le magasin de la galerie d'Orléans, cet étroit escalier tournant datant de 1829 et qui, du rez-de-chaussée, conduisait au petit bureau où se tenait l'éditeur, assis devant un tas de paperasses. On n'y pouvait passer qu'un à la fois. Les plus célèbres ont fait antichambre au bas de cet escalier légendaire. Et pas un ne se plaignait, certain de la politesse exquise du très honnête homme qui donnait là-haut ses audiences dans un entresol où l'on avait peine à se tenir debout. Depuis quelques années, Édouard Dentu, sacrifiant au *modernisme,* avait transporté son bureau dans une pièce du rez-de-chaussée. Il semblait, du reste, n'avoir d'autre joie que d'être là, recevant, causant, surveillant sa maison, qu'il était très fier d'avoir loyalement et hardiment menée.

Un négociant d'autrefois, je le répète, que cet éditeur d'actualités et de romans du jour. Il nous disait volontiers, en hochant la tête :

— Je me rappelle le temps où, lorsqu'un marchand donnait un bal, il s'exposait à se voir couper net son crédit. On se disait, entre négociants : « A quoi pense *un tel?* Il donne à danser ! » Cela faisait scandale. On se disait que, quand les maîtres dansent, les écus sautent. Aujourd'hui, c'est tout le contraire : on donne des bals pour se faire donner du crédit. Il y a tout un monde entre ces deux différences d'appréciation !

La poudre aux yeux semblait à Dentu fort inutile. Il savait que c'est de la poudre aux moineaux. Il suivait doucement sa voie, collectionnant des autographes, des dessins, des morceaux d'ambre, les ajoutant avec des frissons d'amateur à ceux qu'il possédait dans son hôtel de la rue de Boulainvilliers, et rentrant à Passy chaque soir, très tard, trop tard, il usait sa vie à ces monotones occupations quotidiennes. Mais à chacun ses joies. On prend son bonheur où on le trouve. Dentu n'aimait que son *home* et son magasin ; il se plaisait aussi à des dîners d'amis, aux réunions du Caveau, à ce *Dîner Taylor*, qui rassemble quelques romanciers le dernier lundi du mois et dont il était devenu président à la mort du vieux baron.

Là, ce très aimable homme était enchanté. Il écoutait en souriant les histoires que contaient les convives. Au temps jadis, il avait été décidé que de tous ces récits de dessert on ferait un livre : les *Dîners du baron Taylor*. Paul de Musset, Henri Martin, Frédéric Thomas, Paul Féval, Gonzalès, Hector Malot, devaient écrire chacun une « histoire ». Les années ont emporté la plupart des conteurs ; Paul Féval se tait et l'éditeur vient de disparaître. Le volume ne paraîtra jamais, et je ne sais trop ce que deviendra maintenant le *Dîner Dentu*. La mort en a peut-être enlevé le couvert.

Lui, l'éditeur, au milieu de ce monde littéraire où la camaraderie n'existe guère que de nom, gardait une mansuétude étonnée, un certain calme souriant. Il était cependant effrayé d'entendre ses « édités » parler, tour à tour, les uns des autres :

— Je ne crois plus, me disait-il un soir, à l'amitié littéraire !

Il y avait cru ; c'est assez pour le peindre d'un mot.

Édouard Dentu était un homme aimable, érudit et plein de foi. De foi et de bonne foi. Il gardait pour Auguste Barbier, son vieil ami, « *monsieur* Barbier » comme il disait, une admiration reconnaissante. Il est resté jusqu'au dernier jour fidèle à ses affections, que ceux qu'il aimait fussent des maîtres ou des militants, qu'ils s'appelassent Proudhon, La Guéronnière ou

Gaboriau. Je n'entrerai plus sans émotion dans ce rez-de-chaussée où j'ai — il y aura vingt et un ans bientôt — apporté, tout tremblant, le manuscrit de mon premier livre. Je retrouverai bien là Sauvaître, toujours à son poste, et Gabriel Dentu, un savant dans le genre d'Édouard Fournier, qui corrige les épreuves — toutes les épreuves — avec une attention admirable. Mais le bon sourire de Dentu et sa bonne poignée de main cordiale ne seront plus là.

Un jour, je lui racontais qu'à quelques pas de sa librairie, Louvet, le législateur devenu libraire, fut insulté dans sa boutique et menacé par la trique des *muscadins* de la réaction.

L'ancien conventionnel, dont la jeunesse dorée venait brutalement briser les vitres, ne dit rien, mais, se plaçant debout sur le seuil de sa boutique et protégeant de son corps Lodoïska, que les pierres des muscadins allaient atteindre, croisa les bras, puis, dédaigneux, se contenta de répondre aux hurlements de la jeunesse dorée par un vers de la *Marseillaise* :

Que veut cette horde d'esclaves ?

— Eh ! me dit Édouard Dentu, mon père m'a souvent conté cette scène, à laquelle son père à lui avait assisté. Et, tout légitimiste qu'il était, le grand-père était prêt à défendre Louvet si les muscadins avaient poussé plus loin les choses. Fraternité de libraires !

— Vous devriez écrire vos *Mémoires*, disions-nous alors à Dentu, Vous savez et vous avez vu tant de choses !

— Et de gens ! Savez-vous qui est venu hier me demander à éditer un livre de lui?

— Non.

— Le chef des Mormons.

Il y avait en effet, là, un volume curieux si, comme Léon Gozlan, le Mormon avait voulu raconter l'*Histoire de cent trente femmes*.

JULES CLARETIE.

LA VILLE DE PARIS

La boutique du Palais-Royal est restée fermée depuis plusieurs jours. Les volets des arcades regardant la galerie d'Orléans ont été placés. Ils portaient en grosses lettres le mot *Décès* et un exemplaire de la lettre de part — ces signes de deuil ont excité une certaine émotion parmi les promeneurs.

La librairie Dentu est antérieure à la construction du Palais-Royal. Elle a été ouverte avec les galeries de Bois et occupait alors la place équivalente à la librairie Garnier. C'est plus tard qu'elle a été établie où elle se trouve, mais pendant longtemps elle ne se composait que d'une arcade, et le cabinet de M. Dentu se trouvait alors au premier étage.

C'est dans la librairie Dentu qu'ont été publiées toutes les brochures à sensation sous l'Empire. Cette industrie spéciale avait pris un développement énorme, mais la renaissance de la liberté de la presse l'a tuée radicalement et depuis elle n'a pu reprendre.

M. Dentu était un collectionneur passionné d'autographes et de gravures. Ces collections ont une bien grande valeur, et renferment des curiosités véritables.

Il était d'un caractère très gai, très doux, et avait l'esprit de repartie très développé ; il jugeait très rapidement le mérite des propositions qui lui étaient faites.

La mort de M. Dentu fait un vide réel dans ce monument si parisien qui se nomme le Palais-Royal.

D'autres et de nombreux journaux ont honoré dans les mêmes termes et avec la plus profonde sympathie l'homme de bien à la mémoire duquel aucun hommage n'a manqué. Parmi ceux qui mériteraient d'être cités avec leurs confrères sont : le *Courrier républicain*, la *Défense*, l'*Écho de Paris*, l'*Électeur*, l'*Entr'acte*, la *France Nouvelle*, le *Gil Blas*, *Guttenberg Journal*, l'*Hôtel-de-Ville*, l'*Intransigeant*, le *Journal de Paris*, la *Justice*, la *Lanterne*, la *Liberté*, le *Moniteur Universel* et le *Petit Moniteur*, le *Mot d'Ordre*, le *National*, l'*Opinion*, le *Petit Caporal*, le *Petit Quotidien*, la *Presse* et la *Petite Presse*, le *Radical*, le *Rappel*, la *République Française* et la *Petite République*, le *Réveil*, le *Siècle*, le *XIX*[e] *Siècle* et le *Petit XIX*[e] *Siècle*, le *Soir*, le *Spectateur*, le *Télégraphe*, l'*Univers illustré*, le *Voltaire*, etc., etc.

PRESSE DÉPARTEMENTALE

Il n'est pas possible de citer les articles sans nombre que toute la presse départementale sans exception a consacrés à Édouard Dentu. Une grande partie sont empruntés aux journaux de Paris ; d'autres ont pour auteurs des amis particuliers du regretté éditeur de la Société des gens de lettres. Parmi ces derniers plusieurs méritent d'être reproduits à côté des témoignages si sympathiques et des hommages respectueux des grands journaux parisiens :

ARCIS-SUR-AUBE

L'ÉCHO

Nous avons été l'imprimeur de plusieurs ouvrages pour Dentu. Sa mort ne lui permit pas d'éditer des mémoires que nous publions dans notre *Revue de Champagne et de Brie*. Il nous accueillait toujours avec bienveillance et il devenait pour nous un ami précieux avec lequel les relations étaient des plus agréables et des plus sûres.

BORDEAUX

LE COURRIER DE LA GIRONDE

Nous voudrions parler de deux nouvelles publications de la maison Dentu. Mais ce nom éveille en nous de véritables regrets. Nous ne pouvons songer, sans une véritable amertume, à la fin récente de ce digne et excellent homme qui a couronné par une mort toute chrétienne une vie de labeur obstiné.

Dentu était homme d'esprit, serviable, bienveillant et d'une honnêteté à toute épreuve. Il était impossible de le voir sans éprouver pour lui une véritable sympathie. Causeur aimable, conteur charmant, il possédait en particulier sur les choses des lettres un fond inépuisable de piquantes anecdotes. Il aimait les jeunes gens et se plaisait à encourager leurs débuts. Fils et petit-fils de libraires également connus, royalistes éprouvés et militants, il avait une individualité des plus originales. Nous le voyons encore dans son cabinet minuscule de la galerie d'Orléans, enfoui dans un vaste fauteuil, recevant comme un ministre, mais avec une bonne grâce qui le différenciait des Excellences actuelles, pendant que de nombreux solliciteurs et visiteurs attendaient, entassés dans la boutique si connue où les ballots de livres laissaient peu de place, et servaient fréquemment de sièges. Dans les dernières années, il avait pris beaucoup d'embonpoint, et avec sa large figure franche et ouverte et ses longs cheveux, il rappelait singulièrement Balzac, et n'était pas d'ailleurs, insensible à cette ressemblance. Nos lecteurs nous pardonneront cette digression, mais dans une revue comme celle-ci, Dentu doit occuper naturellement une place particulière. C'était un devoir pour nous d'exprimer les regrets que nous cause cette mort prématurée et si cruellement inattendue.

BARTHELEMY.

LIMOGES

LE PETIT CENTRE

L'émotion causée dans tout le monde littéraire par la mort inattendue du regretté Édouard Dentu ne s'est pas encore calmée. C'est un sujet qui passionne toute la Société des gens de lettres, et il n'est pas de jour où, en s'entretenant de l'excellent confrère qu'ils avaient trouvé dans cet éditeur qui était un honnête homme, un lettré fin et disert, et un conseiller serviable et bon, les auteurs ne se pressent de questions au sujet des destinées de la fameuse maison du Palais-Royal, presque centenaire aujourd'hui.

Les journaux n'ont pas manqué de se faire l'écho des bruits qui ont couru : il y a deux jours, on annonçait que c'était Mme Léonie Dentu, fille de Decamps, veuve du célèbre éditeur, et, comme lui, en rapports d'amitié avec les plus éminents représentants de la Société des gens de lettres, qui conservait la direction de la librairie. Cette nouvelle, bien que donnée sous une forme quasi officielle, n'a pas empêché les nouvellistes de faire circuler les rumeurs les plus étranges. C'est ainsi que, coup sur coup, d'autres feuilles prétendaient savoir que la maison de librairie allait être mise en vente. « Les concurrents ne manqueront pas, » disait l'un, qui était sans doute l'interprète des désirs secrets d'un prétendant. Et l'autre prononçait déjà des noms propres. Cette fois, il fallait couper court à la fantaisie et à l'imagination des reporters, et une lettre de Mme Dentu a mis fin à cette campagne, qui était à la fois inopportune et importune. C'est un point essentiel pour le public et les littérateurs, qui ont, les uns et les autres, un très grand intérêt à savoir à quelles mains est confiée la direction de la plus prospère de ces grandes fabriques de romans, qui ont tant de part au mouvement de l'esprit, le livre, le feuilleton étant toujours comme le thermomètre de l'activité intellectuelle de la nation, du Parisien aussi bien que du provincial, et du second peut-être encore plus que du premier.

Voici donc cette lettre qui a paru dans les trois journaux qui avaient publié la fausse nouvelle, le *Gaulois*, le *Matin* et l'*Événement* :

« Ce 28 avril 84.

« Monsieur le rédacteur,

« Je lis ce matin dans l'*Événement* une note dans laquelle il est dit que la librairie Dentu va être mise en vente. Il se pourrait que cette nouvelle fût tenue pour vraie par quelques auteurs qui n'auraient pas encore été informés de ma décision. Je vous prie donc, monsieur le rédacteur, d'annoncer que la maison du Palais-Royal m'appartient et que mon intention est d'en conserver seule la direction.

« Recevez, monsieur le rédacteur, mes salutations distinguées.

« L.-E. Dentu. »

Mme Dentu, dont la santé a été profondément troublée il y a quelques années, est une femme d'une rare énergie et d'une vive et pénétrante intelligence. Elle n'a pas hésité à accepter la charge qui lui était laissée, faisant preuve d'une volonté et d'une résolution peu communes. Grâce à elle, le nom de Dentu ne disparaîtra pas et les traditions d'hospitalité et de courtoisie, qui avaient présidé depuis trente-cinq ans aux rapports entre l'éditeur et l'auteur, seront maintenues telles que l'excellent héritier des grands libraires du Palais-Royal avait su les établir.

Je crois pourtant ne pas devoir cacher les récriminations qui grondent tout bas dans un petit groupe de mécontents, car vous pouvez bien penser que cette campagne de fausses nouvelles avait une cause intéressée. Il s'agissait surtout de faire entrer des étrangers et les assauts des gens et des agents d'affaires, des rivaux, des ennemis, des faiseurs de toute espèce se sont brisés contre la fermeté d'une jeune femme ayant conscience de ses devoirs envers ses enfants et envers elle-même. Celle que tous s'accordent à considérer comme un véritable modèle de sacrifice et de courage, a droit à la reconnaissance et au respect de tous, et devrait être sacrée surtout au moment où celui qui l'eût défendue vient de disparaître.

Il est consolant de rapprocher de tels faits l'empressement et la générosité que des amis dévoués ont mis à offrir le concours le plus désintéressé et le plus zélé pour aider, au milieu de tant de soucis et de fatigues, Mme Dentu à accomplir la tâche que lui a laissée son mari. L'administrateur de la librairie, le brave Sauvaître, depuis quarante-deux ans à la tête des services de cette maison, qui est, me disait-il, toute sa vie, à lui, a donné l'exemple en restant à son poste et en aidant de toute son énergie la vaillante femme à traverser ce cruel moment d'épreuves. De tels dévouements sont faits pour consoler du spectacle des petitesses de quelques-uns.

EDMOND HIPPEAU.

LYON

LE PROGRES

La mort a fauché dru cette semaine. Dentu, Adolphe de Leuven, Vervoitte, le célèbre organiste; Houdin, le fondateur de la méthode parlée appliquée aux sourds-muets! On ne peut ouvrir un journal sans constater de nouveaux deuils. Mais, de toutes ces morts, la plus inattendue et la plus regrettable est celle de Dentu.

C'était un si charmant homme et il a rendu tant de services dans sa vie ! Jamais les gens de lettres ne retrouveront un éditeur comme celui-là.

Toujours accueillant, toujours sur la brèche, sa porte était ouverte à tout le monde, et je ne connais pas un débutant qui ait essuyé auprès de lui un refus brutal. Quand un jeune homme lui apportait son premier volume, loin de le reconduire comme font tant d'autres, il avait pour lui mille prévenances. Il commençait par le faire asseoir, feuilletait son manuscrit, causait avec lui de ses projets, de ses études, histoire de voir ce qu'il avait dans la tête, après quoi il lui disait :

Revenez me voir dans quinze jours ou trois semaines. Je vous promets de lire votre manuscrit et je vous dirai ce que j'en pense. Trois semaines après le jeune homme revenait. Dentu ouvrait son carnet de poche où il notait, au fur et à mesure de ses visites, ses observations, ses engagements, ses rendez-vous, et, d'après ce que lui avait dit son frère, qui était chargé de lire, il éditait ou n'éditait pas. C'est incroyable ce qu'il a lancé d'auteurs et fait de fortunes littéraires... en dehors de la sienne. On s'imagine que Dentu s'est enrichi dans le roman. C'est une erreur. Les romans lui ont donné beaucoup d'argent, la chose est sûre, mais ce sont les brochures politiques qui dorèrent son enseigne. Savez-vous combien la petite boutique du Palais-Royal publia de brochures de 1855 à 1865 ? — Cinq mille huit cents. Celle du *Pape et le Congrès*, qui fut tirée à cinq cent mille exemplaires, lui rapporta près de trois cent mille francs de bénéfices. Aussi, est-ce avec cela qu'il acheta son ravissant hôtel de la rue de Boulainvilliers Tout légitimiste qu'il était au fond, Dentu n'afficha jamais son opinion politique ; il gardait son drapeau dans sa poche, et qu'on lui apportât du rouge ou du tricolore, il publiait tout, du moment qu'il y voyait une source de gain.

Avec les millions qu'il avait gagnés, il aurait pu s'offrir le luxe d'un hôtel comme ses confrères Palmé, Charpentier ou Calmann Lévy. Il ne voulut jamais quitter son échoppe de la galerie d'Orléans, et jusqu'à la fin il donna ses audiences dans un cabinet sans air où l'on pouvait à peine se tenir debout et où il n'y avait même pas une chaise pour s'asseoir. Quel cabinet d'éditeur ! Du papier partout, des liasses de manuscrits, des romans de toutes couleurs empilés sur trente ou quarante colonnes, une méchante table où Dentu s'accoudait, c'est tout. Le célèbre éditeur s'était peut-être dit que, si les écrivains étaient trop au large dans son cabinet, ils y resteraient à bavarder, et, comme il n'avait pas de temps à perdre, il les recevait... sur le pouce. Sitôt entrés, sitôt sortis. Quel homme expéditif dans sa nonchalante épaisseur ! Tous les jours il recevait, de quatre heures du soir à une heure du matin. Et cela sans bouger, sans même prendre le temps de manger une bouchée, d'avaler une tasse de bouillon. A une heure du matin, il levait le siège et rentrait à son hôtel. Comment voulez-vous qu'à ce métier-là on n'attrape pas de mal ? Dentu était devenu gros comme une tour et pouvait à peine marcher dans ces derniers temps. Les médecins avaient beau lui prescrire de se reposer, il ne pouvait s'y résoudre. Bah ! disait-il, quand je serai mort on m'enterrera.

Après sa fille, qu'il maria la semaine dernière avec M. de Labatut, il n'aimait qu'une chose au monde, c'était son collier de misère, sa boutique du Palais-Royal, son cabinet de travail.

Que voulez-vous? Chacun prend son plaisir où il le trouve. Dentu finit par l'hydropisie et le diabète.

Les romanciers ont fait en lui une perte irréparable. Combien d'entre eux ne vivaient que sur sa bourse! J'en sais une bonne demi-douzaine qui, depuis longtemps, seraient morts sans lui à l'hôpital. Il n'attachait pourtant pas ses chiens avec des saucisses ; mais c'était un bon camarade, un ami sûr et dévoué, et quand de vieux hommes de lettres, qu'il avait édités avec plus ou moins de succès, faisaient appel à sa générosité, il ouvrait sa caisse et donnait sans compter.

Pour mieux fraterniser avec ses auteurs, il avait fondé un dîner mensuel qu'on appelait le dîner Dentu. Rien d'amusant comme ce dîner-là. On y était en famille ; quand il n'y avait pas de quoi manger — ce qui était fort rare — on plumait les confrères absents, on s'amusait à casser du sucre sur leur dos, et Dentu souriait de ce sourire moitié gouailleur, moitié sceptique qu'il ne quitta qu'avec la vie. C'est fini de rire et de banqueter maintenant. Adieu le dîner Dentu. La mort vient de desservir la table !

TOULOUSE

LE PROGRÈS LIBÉRAL

La mort de M. Dentu a causé un vif chagrin au monde des lettrés. M. Dentu était en effet le plus courtois et le plus obligeant des hommes et des éditeurs. Il fut un peu, sa vie durant, pour les romanciers à leurs débuts, ce qu'est encore M. Lemerre pour les poètes, une façon de providence, à la porte de qui on allait frapper tout d'abord avec une confiance qui n'était pas souvent démentie. Aussi les « jeunes », qui étaient présentés à l'illustre éditeur de la Société des gens de lettres, sentaient-ils tous leur cœur battre un peu plus vite. On l'a dit : il n'y a pas de gloire qui vaille cela. Ceux même que M. Dentu était contraint d'éconduire avec un sourire encourageant et sincère s'en allaient satisfaits pour revenir, et quand la maison s'était ouverte pour eux, on les y traitait en amis, avec d'exquises prévenances ; M. Dentu avait des qualités charmantes et rares d'homme du monde et de lettré qui, au XVIIIe siècle, auraient fait de son salon, bien qu'il fût monarchiste d'opinion et catholique pratiquant et croyant, le rendez-vous des philosophes. Par exemple, il ne faisait pas bon critiquer devant M. Dentu, même dans ses dernières années, le style de Chateaubriand ou contester le génie de l'auteur des *Martyrs*. M. Dentu avait pour Chateaubriand, qu'il avait connu dans sa jeunesse, la même fervente et militante admiration que notre grand

G. Flaubert. Le style de Chateaubriand, c'était une des rares choses sur lesquelles ce philosophe se montrait intolérant. Il aurait volontiers répondu à quiconque eût taxé de rhétorique sonore et de creuses redondances certains passages du grand styliste, comme fit un jour Gautier à un jeune poète qui déclarait « mauvais » tel vers de la *Légende des siècles :* « Si j'avais le malheur de trouver mauvais un vers d'Hugo, je n'oserais pas même me l'avouer seul, dans ma cave, sans lumière ! » Au demeurant, M. Dentu, dont le nom restera dans l'histoire de la librairie contemporaine, car il a édité bon nombre de romans qui font date, plusieurs œuvres de Proudhon, de L. Blanc, etc., fut un homme aimable et un homme de bien, grand travailleur, qui sut faire seul, par de lents et continus efforts, la prospérité de sa maison, qui aima sincèrement les lettres et aussi les littérateurs, les arts et les artistes.

MARCEL FOUQUIER.

Il faudrait donner presque entière la liste des journaux de province pour citer tous ceux qui ont rendu hommage à la mémoire d'Édouard Dentu. — Voici seulement les principaux, qui doivent être ajoutés à ceux qui viennent d'être reproduits.

Albi : le *Patriote.*

Angers : l'*Anjou.*

Auxerre : le *Nouvelliste.*

Arras : le *Courrier du Pas-de-Calais.*

Bourg : le *Courrier de l'Ain.*

Chambéry : le *Patriote savoisien.*

Chaumont : l'*Union de la Haute-Marne.*

Grenoble : l'*Impartial des Alpes.*

Lille : le *Radical,* le *Progrès du Nord,* l'*Écho du Nord.*

Lyon : le *Courrier de Lyon,* le *Petit Lyonnais.*

Marseille : le *Sémaphore.*

Orléans : le *Journal du Loiret.*

Pau : *Pau-Gazette.*

Périgueux : le *Contribuable.*

Le Puy : la *Haute-Loire.*

Rennes : l'*Avenir,*

Saint-Étienne : le *Mémorial de la Loire.*

Saint-Quentin : le *Journal de Saint-Quentin,*

Tours : le *Journal d'Indre-et-Loire.*

Valence : le *Journal de Valence.*

PRESSE ÉTRANGÈRE

De nombreux journaux dans tous les pays se sont associés aux regrets et aux éloges de la presse française. Les articles les plus importants dont la traduction est due à la gracieuse obligeance de MM. Gustave Baer, de la librairie Dentu, et Désiré Corbier, rédacteur-traducteur de l'Agence Havas, sont les suivants :

ALLEMAGNE

LE TAGEBLATT, de Berlin.

L'éditeur Dentu, le propriétaire de la maison d'édition connue dans l'univers entier, dont l'activité en ces dernières années avait pris de telles proportions, qu'il publiait, en moyenne, un volume par jour, a succombé hier à deux heures au diabète qui fixait cet homme d'à peine 55 ans au lit depuis un mois. Dentu, une figure parisienne très connue, était le troisième et dernier représentant de la dynastie de libraires fondée par son grand-père en l'année 1794 au Palais-Royal qui était alors le véritable autel de Paris. La maison n'acquit pourtant son importance que lorsque le défunt la prit vers 1850. Il commença d'abord par éditer des brochures politiques sur les grandes questions à l'ordre du jour aussi bien de la politique française que de la politique internationale. Comme Paris jouait au point de vue politique le rôle principal et que les auteurs de la plupart de ces brochures appartenaient aux cercles les plus élevés, ces ouvrages firent une sensation énorme, furent étudiés dans toutes les chancelleries et discutés par toute la presse. Par là le nom de Dentu, qui figurait souvent seul sur le titre, car les brochures paraissaient anonymes, devint rapidement connu. Plus tard lorsque la brochure politique, par suite de l'extension croissante de la presse quotidienne perdit de son importance, Dentu se consacra presque exclusivement à l'édition de romans populaires. Cette branche fut poussée dans la maison Dentu avec une impulsion toujours croissante depuis que Dentu est devenu l'éditeur officiel de la Société des gens de lettres et atteignit peu à peu la moyenne indiquée, de 300 à 350 ouvrages annuellement. A côté des romans Dentu éditait volontiers aussi les mémoires et les relations de voyages. Parmi ses édités se trouvaient A. Houssaye — A. Daudet — (en partie) Jules Claretie et comme on sait Victor Tissot, dont les premières œuvres eurent un nombre d'éditions auquel on n'était pas habitué même à Paris.

Naturellement on est très anxieux dans le monde littéraire de savoir ce que va devenir cette grande maison d'édition.

BELGIQUE

LE JOURNAL DE BRUXELLES

Nous avons conduit mercredi M. Édouard Dentu à sa dernière demeure. M. Dentu est probablement l'éditeur parisien qui produisit le plus de livres. — je ne dis pas le plus de beaux et bons livres, le plus de livres durables. Les trois quarts, ou plutôt les neuf dixièmes des siens ne faisaient que passer : au bout de huit jours, quelquefois au bout de vingt-quatre heures, il n'en était plus question du tout. Le plus souvent même il n'en était pas question du tout.

Quel immense nécrologe ce serait que le catalogue de la maison Dentu depuis les trente-cinq ans qu'il était à sa tête ! Quel fouillis de noms obscurs et de titres inconnus ! C'est quelque chose comme la grande fosse commune de la littérature. On ne se figure pas la nullité prodigieuse, le néant absolu, — néant de style et néant d'idées, — de la plupart de ces romans, bâclés à la grosse par des manœuvres de lettres et faits pour être feuilletés un quart d'heure par quelque désœuvré, puis jetés sans un souvenir et sans un regret. Cette effroyable consommation de papier noirci, ce cruel abus de l'imprimerie appliqué à des fadaises qui n'auraient même pas valu la peine d'être écrites au crayon sur des feuilles volantes, d'être dites à la brasserie entre l'écume des bocks et la fumée des pipes, ont fait souvent bien maudire la découverte de Gutenberg par les malheureux critiques ensevelis sous de telles avalanches.

Il faut dire, à la décharge de Dentu et de son esprit commercial, qu'il ne faisait pas les frais de ces billevesées. Sa vitrine était la providence des poètes inédits, des romanciers débutants, des novices pleins d'illusions qui rêvaient de frapper un grand coup et de devenir célèbres du jour au lendemain. Ils payaient l'impression, Dentu prêtait son nom et sa devanture; on en vendait trois exemplaires, et tout était dit. A un autre! Quelquefois, au lieu de trois exemplaires, on allait à six : c'était un succès. Presque forcément, pendant les huit premiers jours, dans cette boutique du Palais-Royal où passait tant de monde, il se trouvait un naïf acheteur pour emporter l'un de ces volumes, et voilà pourquoi les débutants et les inconnus s'adressaient à lui.

Pendant assez longtemps la librairie Dentu s'alimenta presque exclusivement de ces rogatons littéraires, et le nom d'*auteur à Dentu* était passé en proverbe. Un *auteur à Dentu*, cela voulait dire un auteur qui ne trouverait jamais moyen de se faire éditer aux frais d'un libraire. Puis il étendit ses opérations; il s'annexa des écrivains sérieux; on vit paraître sur son catalogue des ouvrages de valeur, des livres d'histoire et d'érudition — les ouvrages sur Paris d'Édouard Fournier, les histoires de la caricature aux diverses époques, celle de la faïence populaire, les recherches sur la littérature et l'art romantique de Champfleury;

les *Livres* et les *Chansons populaires* de Ch. Nisard: les romans historiques et les livres d'érudition de M. de Lescure; les ouvrages sur l'art, la société et les mœurs au XVIIIe siècle, des frères de Goncourt, les souvenirs sur le second Empire de M. de Cassagnac, les romans d'Alphonse Daudet, qui se partageaient par moitié entre la librairie Charpentier et la sienne, bien d'autres encore qu'il serait trop long de nommer, et la marque Dentu ne fut plus aussi discréditée dans la librairie sérieuse. Du reste, il continua d'éditer en même temps, comme par le passé, toutes les broutilles qu'on lui apportait. Sa devanture était un kaléidoscope où les nouveautés apparaissaient et disparaissaient avec la rapidité de l'éclair.

Outre le roman, Dentu avait une autre spécialité, qui a beaucoup contribué à l'enrichir, sous le dernier régime surtout: c'était la brochure d'actualité. Il en publiait sur toutes les questions du jour, politiques ou autres, et tant que l'intérêt de la question durait, cela s'enlevait comme du pain. On assure que de 1850 à 1860, il n'en a pas édité moins de 5.800. Ce chiffre m'a tout l'air d'un total de fantaisie: ce serait 580 brochures par an, presque deux par jour, ou plutôt presque trois, si l'on défalque les mois d'été où l'on ne publie rien. Je suppose qu'en le réduisant de moitié, nous serons un peu plus près de la vérité. Parmi ces brochures, quelques-unes, comme le *Pape et le Congrès*, se vendirent à un nombre considérable d'éditions et rapportèrent de fortes sommes à l'éditeur. Le *Pape et le Congrès* était de M. Arthur de la Guéronnière, mais anonyme, condition indispensable pour un grand succès, toujours inséparable d'un certain air de mystère. Sous ce couvert de l'anonyme combien ne se sont pas glissées, à la suite de la guerre d'Italie, de ces brochures insignifiantes où d'habiles réclames tâchaient d'insinuer qu'il fallait rechercher la pensée de l'empereur!

M. Édouard Dentu tenait cette spécialité de son père et de son grand-père, qui l'avaient précédé dans ce qu'on appelait alors les galeries de Bois, et ce qui est devenu la brillante galerie d'Orléans. Le père avait fondé le *Drapeau blanc* avec Martainville; le grand-père était un libraire royaliste du temps du Directoire. Le petit-fils se prétendait bien royaliste aussi, mais avant tout il était libraire, et il portait dans ses choix un éclectisme tellement large qu'il pouvait passer pour une indifférence absolue. Souvent, sur les questions du jour, il affichait côte à côte des brochures appartenant aux opinions les plus opposées. Ce gros homme d'un calme imperturbable prenait philosophiquement les choses.

Dentu avait le titre de libraire de la Société des gens de lettres, auquel il tenait beaucoup et qui ne l'obligeait pas à grand'chose. Seulement il publiait, tous les deux ou trois ans, un volume de contes et nouvelles rédigés par les membres du comité, et il en versait le revenu à la caisse. Depuis la mort du baron Taylor, on avait donné aussi à ce galant homme, très sensible à ce genre d'égards, la présidence d'un dîner qui, le dernier lundi de chaque mois, réunissait des romanciers et des écrivains de genres divers : Paul Féval, Élie Berthet, Emmanuel Gonzalès, Frédéric Thomas, Henri Martin, Paul de Musset. On y contait des histoires et des souvenirs que quelques convives avaient souvent formé le projet de réunir en volume ; je crois même qu'on avait déjà commencé. Mais chaque année la mort emporte sa proie : l'ancien *Dîner Taylor* a probablement vécu et nous ne lirons pas ses histoires.

Il était également du Caveau et payait son écot en chansons. Grand collectionneur, il amassait des curiosités de tout genre, des dessins, des autographes où il faudra faire un triage sévère, car ceux de ses auteurs y figurent en nombre considérable. Il avait épousé la fille du peintre Decamps, et cette alliance n'avait pu que développer les goûts artistiques qu'il tenait de sa mère, femme extrêmement distinguée. Il avait marié l'aînée de ses deux filles douze jours avant sa mort, déjà couché sur son lit de douleur par une maladie qui avait fait fondre son obésité proverbiale et qui ne laissait plus d'espoir. C'était un homme aimable et poli, dont la perte laissera des regrets à tous ceux qui l'ont connu.

ESPAGNE

LA EPOCA, de Madrid.

Une longue file de voitures accompagnait cette après-midi le cercueil de Dentu.

Qui n'a pas eu de livre édité par sa maison et quel français ou quel étranger s'occupant quelque peu de littérature, n'a pas connu cet éditeur aux habitudes casanières qui a vécu plus de trente ans au milieu de ses lettres et de ses papiers?

Les littérateurs madrilènes n'ont certainement pas oublié l'éditeur Duran, qui était toujours enfermé dans son obscure librairie de la Carrera de San-Jéronimo, qui ne voyait jour et nuit que la lumière du gaz et qui était constamment occupé à écrire des notes et à vendre des livres.

Tel était à peu près Dentu, il était peut-être le seul Parisien qui se levât tard.

On racontait, comme une chose rare, que Dentu ne quittait pas le lit avant onze heures ou midi, il partait de Passy et se rendait à la librairie du Palais-Royal où il restait jusqu'à deux heures du matin enfermé dans ses livres et dans ses paperasses. Il avait la monomanie des publications et trouvait tout bon ou faisait semblant et les auteurs qui débutaient trouvaient en lui un ami. Dentu avait peut-être raison, tout se vend, et ce qui est mauvais a habituellement beaucoup de lecteurs ; cet axiome de librairie est indiscutable.

GRANDE-BRETAGNE

LE DAILY TELEGRAPH

M. Édouard Dentu, l'éditeur bien connu, est mort hier à Paris, après une douloureuse maladie, à l'âge de cinquante-trois ans. Il était né à Paris, le 21 octobre 1830, et était le petit-fils de Jean-Gabriel Dentu, qui avait fondé le *Drapeau blanc*, journal très militant, dévoué à la cause royaliste, et comptant parmi ses collaborateurs Lamennais et Charles Nodier. Le père de M. Édouard Dentu était un royaliste encore plus ardent que le fondateur du *Drapeau blanc* et fit une très vive opposition à l'Empire et à la Monarchie de Juillet. Mais Édouard Dentu ne montra pas de prédilection pour les opinions politiques de son père et de son grand-père et devint l'ami aussi bien que l'éditeur d'écrivains dont les tendances étaient les plus diverses et les plus opposées.

Dans sa jeunesse il fut un des plus grands admirateurs de Chateaubriand, qui venait constamment chez son père à cette époque.

En 1849, M. Dentu prit la direction de la librairie établie en 1794 au Palais-Royal par son grand-père. Il commença par publier un grand nombre de brochures sur les principales questions politiques du jour, telles que la question italienne, la situation de la Pologne et autres thèmes à discussion de ce temps-là. Plus tard il publia des relations de voyage, des romans, et des ouvrages sur les questions sociales, philosophiques et théâtrales; il fut l'éditeur de Proudhon, Le Play, Michelet, Quinet, Louis Blanc, Barbier, Daudet, Houssaye, et d'un grand nombre d'historiens, de romanciers et de critiques célèbres, dont les œuvres avaient acquis une réputation européenne. — En 1860, il devint l'éditeur honoraire de la Société des gens de lettres, et de 1859 à 1862 il fut propriétaire et directeur de la *Revue européenne*. — En 1867 parut sous sa direction personnelle le catalogue officiel de l'Exposition universelle, pour lequel il avait lui-même écrit la notice relative à la section de l'imprimerie et de la librairie de l'Exposition.

Le défunt était un homme des plus laborieux ; de quatre heures à onze heures du soir, on le voyait travailler dans son cabinet avec une patience et un zèle sans bornes. C'est là qu'il recevait à tous moments les auteurs, les lecteurs, les imprimeurs et une foule d'autres personnes. Il était obligé de répondre à tout le monde au milieu de ses nombreuses et pressantes occupations, et on le vit presque jusqu'au moment de sa mort remplir la tâche ardue dont il avait fait sa vocation. Ce fut en vain que ses parents et ses amis le supplièrent de prendre du repos, et l'on peut dire de ce fameux éditeur qu'il mourut sur la brèche.

Il faut citer encore l'*Écho du Parlement* et l'*Indépendance belge* de Bruxelles, le *Liberal* et *El Dia*, de Madrid, l'*American register* de Paris, la *Nazione* et le *Corriere italiano* de Florence, le *Pungolo* de Milan, l'*Italie* de Rome, *Il Tempo* de Venise, le *Courrier*, de Maëstricht, l'*Era* de Lisbonne et un grand nombre de journaux anglais, autrichiens, russes, suédois, suisses, hollandais, qui se sont empressés d'adresser l'expression de leur sympathie à la famille et aux amis d'Édouard Dentu.

Au cimetière du Père-Lachaise, après des funérailles auxquelles assistaient les membres de la Société des gens de lettres, de nombreux représentants de la presse, des artistes, les principaux éditeurs parisiens et tous les amis du défunt, trois discours ont été prononcés au milieu de l'émotion d'une assistance profondément impressionnée.

Discours de M. Arsène HOUSSAYE, *président de la Société des gens de lettres.*

Messieurs,

La passion du travail a aussi sa fatalité : on en vit, mais on en meurt. Edouard Dentu en a vécu et il en est mort.

Minuit seul l'arrachait à cet étroit cabinet de travail où il oubliait, dans la poussière des livres, les enchantements de sa maison, entourée d'un parc qui répandait la vie. La philosophie de la paresse conduit quelquefois à la sagesse : rêver, c'est être heureux ; n'avait-il donc pas assez payé, par une vie de labeur, quelques heures d'abandon dans la rêverie ?

Ce qui l'a tué, c'est l'amour des livres, non pas qu'il n'aimât sa famille avant tout, non pas qu'il ne fût le meilleur ami du monde ; mais il se passionnait au jour le jour pour tout livre nouveau-né ou pour tout manuscrit qu'il allait mettre au monde. La question d'argent n'était pas une question pour lui : il se préoccupait de ses livres parce que c'étaient ses livres, mais non pour l'argent qu'ils donnaient à sa librairie. Aussi fut-il la Providence des jeunes romanciers, quoique fidèle à ses anciens amis. Il ouvrait galamment sa porte à tous ceux qui tentent la fortune littéraire. Certes, il n'avait pas le temps de lire tous les volumes qu'il éditait. Rivarol a dit qu'il n'y avait de bons libraires que ceux qui ne lisent pas: Dentu pourtant feuilletait les manuscrits.

Il ne lui fallait qu'une heure pour juger l'œuvre. Il commençait par regarder l'auteur de face et de profil : il lisait le commencement et la fin du manuscrit, il respirait pour ainsi dire le parfum littéraire qui s'en exhalait; après quoi il répondait oui ou non.

Il se trompait comme tout le monde, mais pas souvent. Il n'avait pas la prétention de ne publier que des chefs-d'œuvre : où sont les chefs-d'œuvre éternels ? La France en produit à peine dix par siècle.

Or Dentu publiait un volume par jour.

Pourquoi pas? Le livre, quel qu'il soit, c'est la lumière, c'est la distraction de l'esprit, c'est le coup de l'étrier pour la pensée. Lire, c'est déjà faire acte de supériorité sur tant d'esprits endormis qui n'ont pas le courage de se réveiller. La plupart de ces romans ne durent qu'une saison, comme les modes du jour ; et qu'importe, si on en a paré son imagination par les sentiments et les pensées qu'ils renferment ?

Rendons cette justice à Edouard Dentu qu'il n'a jamais mis sa marque à un mauvais livre. Il avait trop le respect des choses consacrées pour vouloir offenser l'opinion publique Aussi mérite-t-il sa place parmi les éditeurs célèbres qui seront inscrits aux archives du XIXe siècle : les Lévy, les Hetzel, les Hachette, les Plon, les Didier, les Mame, les Charpentier, les Didot, pour ne parler que des hommes de son temps.

A côté des romans qu'il publiait un peu à la hâte et sans trop y regarder, il se passionnait pour les beaux livres qui sont surtout l'honneur de son nom. Il faudrait citer toute une petite bibliothèque de chefs-d'œuvre ou d'œuvres rares, due à ce libraire qui renfermait un lettré et un amateur. C'était d'ailleurs un éditeur de race, puisque son père et son aïeul ont mérité une page dans l'histoire des livres.

Élevé par une mère qui était une artiste, familier de l'Abbaye-au-Bois, quand Chateaubriand y versait d'une lèvre amère l'expérience des hommes et des choses, tout jeune ami du poète Auguste Barbier, il était un galant homme dans les bonnes traditions, quand il enrichit encore son patrimoine en épousant la fille de l'illustre Decamps. Ce fut un nouveau quartier de noblesse intellectuel. Hélas ! les nuages ont trop tôt obscurci son ciel. Il y a un admirable sonnet de Soulary, où la jeune mariée, dans son cortège nuptial rencontre un cortège funèbre. Ce fut l'histoire terrible de son dernier jour, puisque déjà il voyait la mort quant il essayait de sourire au mariage de Mlle Dentu. Il n'y a pas quinze jours, l'espérance entrait dans la maison, quand déjà la mort était debout sur le seuil. Mais le bonheur qui éclairait le front de sa fille, fut cette étoile du matin, dont parle la Bible, qui rayonne au delà des horizons du tombeau.

Eh ! qu'importe, après tout, le sommeil de la mort, si la journée a été bien remplie, si on laisse un cortège d'amis qui gardent votre image dans les meilleures pages de leur souvenir ?

Dentu présidait un dîner de beaux esprits. Il n'y a pas que les ombres désolées qui apparaissent au festin, quand la mort a fauché des convives ; cette figure charmante qui fut Dentu, s'y montrera toujours dans l'auréole de la jeunesse et de l'amitié. Jamais on n'y portera un *toast* aux vivants, sans que Dentu, dont la mémoire survivra, y répande la douce lumière de son sourire.

Ce dîner avait été créé par le baron Taylor.

Quand Taylor mourut, Dentu en fut élu président, parce qu'il était le libraire de la Société des gens de lettres et qu'il avait donné à tous les écrivains de grands témoignages de sympathie. Plus d'un livre publié par lui fut un acte de confraternité.

Dentu prenant le titre de libraire de la Société des gens de lettres, appuyait sa fortune sur la grande armée littéraire.

Il en fut toujours reconnaissant à la Société.

Chaque année, il publiait un volume écrit par les membres du Comité, dont tout le revenu était versé à la caisse de secours.

Il disait gaiement ces jours-là : « C'est encore l'argent le mieux placé. »

Oui, puisque déjà il l'a retrouvé là-haut.

ARSÈNE HOUSSAYE.

Discours prononcé par M. EMMANUEL GONZALÈS, *aux obsèques de* M. ED. DENTU, *au nom de ses amis.*

Rien de plus touchant, à ces époques troublées où les traités de morale sont craquelés comme de vieux tableaux, qu'une amitié fidèle.

Édouard Dentu, pour la plupart des écrivains, n'était pas un éditeur, mais un ami à toute épreuve, le confident des heures difficiles, le sauveteur obligatoire.

Chez les anciens, l'amitié jouait un grand rôle dans les poèmes épiques. N'était-ce pas un mariage de dévouement, un contrat d'intérêt mutuel, une prime d'assurance contre les risques de guerre et de mer? Aujourd'hui l'amitié a changé de nom et de but : elle se réduit à une simple camaraderie de cercle, de café ou d'atelier. Un ami a le droit de vous dénigrer plus sévèrement qu'un indifférent. Voilà tout.

Eh bien! ce libraire, imposant comme un Bouddha mystérieux dans sa niche du Palais-Royal, — avait une âme ; elle rayonnait dans ses yeux de velours et dans son sourire si fin et si énigmatique.

Il aimait surtout ses amis, cas des plus singuliers et des plus rares.

Causeur charmant, il savait écouter et connaissait par le menu les historiettes quotidiennes du mouvement parisien. Si l'oxygène manquait dans son petit local littéraire, l'esprit y abondait. C'était le confessionnal des lettrés et des reporters. Chacun de nous apportait à Dentu la biographie sans retouche de son meilleur voisin, mais le galant homme ne jetait jamais d'huile sur le feu.

Il recherchait les autographes de ses auteurs et les collectionnait avec les gravures, les toiles, les bibelots dont il était friand ; c'était là son passe-temps dominical.

Il flairait le succès, quoique un peu trop timide pour forcer la main au public, mais s'il se trompait u si la chance tournait, il n'abandonnait jamais le vaincu et ne jetait pas son bouclier sur le champ de déroute, comme le divin poète Horace.

S'il achetait des villas et des forêts, c'était pour le plaisir de sa famille et de ses amis. Il ne se sentait heureux qu'au milieu d'eux, et il ne les astreignait pas à l'étiquette de la vie de château. A son beau domaine de la Grand'Cour, chacun des hôtes se trouvait chez lui.

Il préférait la terre d'agrément, qui ne rapporte rien, aux coffres-forts bourrés de papiers multicolores. Aussi se plaisait-il aux coups de théâtre du règne végétal. Nous l'avons vu traverser un jour de vastes taillis non clos à Billancourt. Les passants endimanchés arrachaient les branches fleuries de grappes de lilas. Dentu leur tendit galamment un couteau : « — Mesdames et messieurs, leur dit-il avec bonhomie, permettez au propriétaire de vous offrir ces bouquets. A quoi bon détruire pour le plaisir ? Pensez au printemps prochain. »

Et les ravageurs de rire, entre autres une bonne femme qui venait de bâtir son auberge sur ce terrain abandonné à la grâce de Dieu. Heureuse d'avoir découvert ce propriétaire si discret, elle voulut absolument lui offrir une collation en guise de loyer.

Ce jour-là, il était heureux d'oublier les petits carnets sur lesquels il notait ses échéances comme un botaniste qui colle des fleurs sur son herbier.

Il était cependant glorieux de ses ancêtres de librairie, de son grand-père, premier du nom, qui avait planté son enseigne en 1794 au Palais-Royal, dans ces galeries deBois où devait défiler tout le Paris révolutionnaire, mondain, vicieux, militaire, agioteur, dévergondé, et de son père qui avait fondé le *Drapeau blanc* avec Martainville.

Quoique le centre de la vie parisienne se fût déplacé, le troisième Dentu aurait cru abdiquer s'il eût déserté le Palais-Royal. N'était-ce pas de la loggia lilliputienne qui avait succédé à la baraque de bois que toute une lignée de brochuriers politiques et de romanciers novateurs s'était élancée dans ce tourbillon de feux de Bengale qu'on appelle la gloire ?

Hélas ! quel parfait galant homme n'a pas son côté faible. Avouons-le, Dentu enviait un peu la renommée de Brillat-Savarin, et cette ambition sans bornes fut couronnée de succès. Il fut élu membre du Caveau et y paya sa bienvenue par des chansons de l'école de Désaugiers.

Mais l'une de ses joies les plus réelles fut la reconstitution du célèbre *Dîner Taylor*, sous sa présidence débonnaire de vrai Roi d'Yvetot. Il était fier de voir réunis autour de lui tant d'illustres et sympathiques écrivains, qui renouvelaient les spirituels médianoches du XVIIIe siècle. Au milieu de ces fusées d'esprit, de ces racontars pimentés, de ces critiques primesautières, qui voltigeaient comme des banderilles à ses oreilles, il s'épanouissait, plus heureux qu'un buveur d'opium. Nous ne croyons pas que notre cher Dentu ait jamais rêvé mieux que ce Paradis littéraire, qui comptait trop peu d'élus.

L'excellent homme n'a donc pas été trop rudement éprouvé par la vie, — mais comme tout se paye en ce monde, il a payé ses modestes joies par les tortures d'une atroce agonie. Il a tant souffert qu'il appelait dans son délire les valets de la mort et qu'il invoquait ses amis les plus chers pour l'aider, lui croyant et chrétien, à se délivrer des derniers spasmes de la vie.

Nous ne pouvions donc, nous sa famille d'amis, ne pas nous joindre à la famille du sang pour lui adresser un suprême adieu. Il restera devant nos yeux et dans nos cœurs avec sa figure placide et douce, et plus d'une fois, notre œuvre terminée, nous dirons involontairement : « Dentu sera content de nous ! »

Que son frère, que sa veuve et ses filles sachent bien la douleur que les amis de cet honnête homme ressentent de sa fin tragique. Il a bien mérité des lettres et son nom ne mourra pas avec lui, car les lettres ne sont jamais ingrates.

EMMANUEL GONZALÈS.

Le *Papillon* ajoute au récit des obsèques ce détail qui mérite d'être cité :

Bernard Toulette a tenu à exprimer la reconnaissance éternelle que voueront à Dentu tous les romanciers dont il a su être l'ami dévoué.

A la fin de la cérémonie funèbre, il s'est passé presque inaperçu un incident très touchant.

Un vieillard, en prenant le goupillon pour jeter l'eau bénite sur le cercueil, a murmuré en sanglotant : « Ma main droite est paralysée, et je n'ai pas pu écrire un discours ; d'ailleurs, sans éducation, je ne saurais pas. Seulement, je tiens à jeter l'eau bénite avec cette main d'ouvrier, que M. Dentu a pressée si souvent, car il nous aimait, nous ses ouvriers, autant que nous l'adorions. »

Et le pauvre vieux s'en est allé à travers les tombes, trébuchant, les yeux pleins de larmes, ne s'occupant de personne et tout à son désespoir, partagé par tous ceux qui étaient présents.

TABLE

PRESSE PARISIENNE

PRESSE DÉPARTEMENTALE

PRESSE ÉTRANGÈRE

Imp. de la Soc. de Typ. - Noizette, 8, r. Campagne-Première. Paris.

IMPRIMERIE NOIZETTE. — PARIS.

www.ingramcontent.com/pod-product-compliance
Ingram Content Group UK Ltd.
Pitfield, Milton Keynes, MK11 3LW, UK
UKHW021103200726
13857UKWH00003B/1065